friedrich achleitner

der springende punkt

paul zsolnay verlag

1 2 3 4 5 13 12 11 10 09

ISBN 978-3-552-05471-4
alle rechte vorbehalten
© paul zsolnay verlag wien 2009
satz: eva kaltenbrunner-dorfinger, wien
druck und bindung: friedrich pustet, regensburg
printed in germany

kopf – rumpf

der kopf ist eine mehrzweckkugel, sagte der funktionalist, man kann damit schauen, riechen, hören, nahrung aufnehmen, notfalls auch abgeben, einen schnupfen austragen, reden, singen, husten. die haare waren einmal notwendig, solange es noch keine kopfbedeckungen gab, später hat man sie zur schönheit verwendet, locken gebrannt, zöpfe geflochten, neuzeitlich schneidet man sie auch weg. die augen stehen mit dem riechen in verbindung, das riechen mit dem schmecken. weil der kopf so wertvoll ist, muss er sanft getragen werden, vorzugsweise in gehrichtung. er ruht auf einem drehbaren stativ, in das auch die leitungen zum körper eingebaut sind. der kugelkopf ist die leitzentrale für den körper. will man diese zerstören, muss man sie vom rumpf trennen. man nennt dies köpfen, nicht rumpfen, womit sich auch der stellenwert beider ausdrückt. man könnte ohne kopf auch so einen text schreiben.

primatencocktail

ein cleverer barkeeper vom wörthersee, dem die selbsternannte
high society schon schwer auf die nerven ging, hatte den *primatencocktail* erfunden. die mehrheit der gäste assoziierte
damit das wort *prima*, wenn nicht gar *primar*. der gebildetere
teil ahnte etwas von den ersten, den oberen, die halt immer
ganz vorne sind. zum eigentlichen *terminus zoologicus* drang
niemand vor. als im mund des volkes, den man auch volks-
mund nennt, der *affencocktail* bereits ein fester bestandteil
des gastronomischem vokabulars war, zählte sich die mehrheit der gäste bei freunden immer noch zu den primaten. das
geschäft blühte, und der mann meldete seine geheimnisvolle
mixtur zum patent an.

der löwe von aspern

er trug eine mähne wie karl marx und lebte seit seiner geburt
in aspern. es konnte nicht ausbleiben, dass er von historisch
ahnungsvollen der *löwe von aspern* genannt wurde. unfähig,
diese historische last zu tragen, resignierte er und zog nach
ottakring.

sagte der hase zum igel ... diese uralte geschichte kenne ich auswendig. na dann: sagte die schlange zum apfel ... kommt mir bekannt vor, aber da stimmt doch etwas nicht? oder: sagte das pferd zum hund ... ist diese geschichte neu? ja. ist mir gerade eingefallen. also: sagte das edle pferd zum gemeinen haushund, warum wedelst du immerfort mit dem schwanz, du unterwürfiges subjekt? du wedelst ja auch fortwährend mit deinem schwanz, darauf der hund mit gesenktem kopf. ich wedle nicht, sagte das pferd, ich schlage nur die bremsen tot. keine besonders gute geschichte. pass auf, versuchen wir die: sagte der fuchs zum hasen ... bitte nicht, das ist doch ein ganz alter hut. oder: sagte der eisbär zum eskimo. ist die neu? ist mir gerade eingefallen. also sagte der eskimo zum eisbären: ist dir kalt? blöde frage, sagte der eisbär, ich habe hunger. stop. dieses thema mag ich nicht. die geschichte geht sicher schlecht aus. da könnte ich drauf wetten. sicher. im ewigen eis gibt es kein happy end. noch eine andere? bitte: sagte der elefant zur mücke: ich war auch einmal so klein wie du, bis mich einige journalisten entdeckten. na, ja – kennst du die? sagte der georg zum drachen: soll ich für dich ein lanze brechen? ha, ha. darauf der drache zum georg: lanzinger, schleich dich. hast du gustav meyrink gelesen?

starksinn

wenn es einen *schwachsinn* gibt, muss es auch einen *stark-sinn* geben. wer erklärt mir aber das phänomen, dass jedes nachdenken über den *starksinn schwachsinn* ist?

blitzableiter

lieber nachbar, könntest du nicht deinen grässlichen blitz-ableiter vom dach nehmen, er stört genau meinen blick auf die spitze des dachsteins. und wenn dann der blitz in mein haus einschlägt? ja, dann würde ich den ganzen dachstein sehen.

aphorismus

der mensch ist ein sack, der ein leben lang mit erfahrungen vollgestopft wird, die dann langsam zu erinnerungen vertrock-nen. der mensch wird also zum strohsack, der dann solche aphorismen schreibt.

bitte, einen strick zum aufhängen. welche länge? no, zirka fünf meter. wollen sie einen hanfstrick, einen so genannten kälberstrick, eher rauh, nicht sehr geschmeidig, aber billig. oder einen elastischen, weichen kunststoffstrick, so wie ein kletterseil, allerdings relativ teuer. da fällt mir die wahl schwer. bei einem hanfstrick haben sie das risiko, dass er sich nicht ganz schließt, dass sie hängen bleiben, sich nicht das genick brechen, aber dabei den hals aufreiben. natürlich kann er auch reißen. das kletterseil ist sicherer. geschmeidiger, hautfreundlicher, schont den hals. na, dann nehme ich das kletterseil. das haben wir aber nur im dreierpack. dreierpack? ich brauch aber nur einen strick. tut mir leid. den rest können sie ja vererben. ich hab keine erben. oder stiften, dem alpenverein. im waldviertel gibts keine alpen. außerdem hab ich nicht so viel geld mit. ja, habens keine lebensversicherung. die wird ja erst post mortem ausgezahlt, wenn überhaupt. nehmens halt einen kleinkredit auf. da muss ich ja den verwendungszweck angeben. ist das alles kompliziert. ja, drum häng ich mich ja auf. mit so einem kunden wie sie, kann ich mich auch gleich mit aufhängen. das ist eine gute idee, dann können wir uns wenigstens den preis teilen. moment, haben sie einen augenblick zeit? der chef will sich schon seit wochen aufhängen, dann hätten wir sogar eine okkasion.

zenit der inkompetenz

ich liebe den zenit der inkompetenz: er ist der einzige zenit,
der leicht erreichbar ist. ja, man erreicht ihn bestimmt, wenn
er einem nicht schon in die wiege gelegt wurde. hat man ihn
erreicht, kann man seine gesellschaftliche stellung in allen po-
sitionen hemmungslos genießen. man wird zu vorträgen eingeladen, die schon vor dreißig jahren nicht mehr taufrisch waren,
in gesprächsrunden zu allen unmöglichen themen. die aufge-
worfenen beliebigen oder saudummen fragen können beliebig
oder saudumm beantwortet werden. kraft des zenits ist jede
antwort von gewicht. wird man zu einem interview gebeten,
und hat man das glück, dass sich auch der interviewer oder die
interviewerin im zenit der inkompetenz befinden, wird das gespräch auf einem schwindelerregend hohen niveau geführt, so
dass im zenit allgemeiner jubel ausbricht. zenitforscher äußern
den verdacht, dass es sich beim zenit der inkompetenz nicht
nur um ein konstrukt der akademischen welt, sondern um ein
ganz gewöhnliches alltagsphänomen handelt, das vielleicht
von professoren im ruhestand erfunden wurde, aber von ban-
kern, managern und politikern immer erfolgreicher praktiziert
wird. die wichtigsten entscheidungen fallen nur mehr im zenit
der inkompetenz. da kann und will ich nicht mehr mitreden.
und im vertrauen, es gibt eine eiserne regel in der klasse der
zeniter, man darf nie zugeben, etwas nicht zu wissen.

kriegsvernichtung

der junge general bekam einen roten kopf, er atmete so hastig, dass die orden auf seiner brust zu klimpern begannen: hast du gehört, kamerad, heute wurde dem krieg der krieg erklärt. unser präsident ist empört. er versteht die welt des bösen nicht mehr. was ist geschehen, fragte arglos der angesprochene. was geschehen ist? drei gefangene aus dem reich des bösen haben sich umgebracht. umgebracht? ja, aufgehängt. wenn das schule macht, wenn sich unsere feinde reihenweise selbst umbringen, denk das zu ende, kamerad, denk das bitte zu ende. das ist die gemeinste, hinterlistigste, teuflischste art von krieg. was wird aus unserem job. da können wir einpacken, heimgehen, unsere rüstungsindustrie zusperren, die massenvernichtungswaffen verschrotten, unsere stolze, an der kriegstechnik entwickelte intelligenz in die wüste schicken. wüste? da muss ich lachen, sagte der leutnant, der im sand auf einem ölkanister saß. du kapierst das nicht, das ist ein angriff auf den krieg an sich, eine attacke gegen alle vernunft, gegen alle regeln des zusammenlebens der menschen, gegen unsere glorreichen traditionen, gegen unsere jahrtausende alten werte, gegen das gute an sich. das böse killt sich selbst. damit ist auch das gute im arsch. dagegen sind wir machtlos, sagte der general. da können wir nur zuschauen.

weißt du, sagte er, und redete dabei mit sich selbst, die größe war mir immer zu groß, die tiefe immer zu tief, das seichte immer zu seicht, die heiterkeit immer zu heiter, und die traurigkeit(en) immer eine spur zu theatralisch, das helle immer zu grell, das schnelle zu schnell, das banale zu bescheiden, die innerlichkeit zu kokett, das tiefgründige zu anmaßend, der protz zu dumm, die dummheit zu ahnungslos, das laute zu selbstsicher, das genaue zu pingelig, das wahre zu humorlos, der glaube zu unduldsam, die ordnung zu stur, das blauäugige zu blauäugig, die sanftmut zu heuchlerisch, das heuchlerische zu unsensibel, die lüge zu platt, der schmäh zu dick, das eingemachte zu dünn, die herzensgüte zu penetrant, das penetrante zu eitel, die eitelkeit zu arglos, das gute zu aufgesetzt, der dreck zu künstlich, die sauberkeit zu klinisch und das bedächtige zu gedankenlos. die ironie zeigte keine distanz und der zynismus war nicht glaubwürdig. so hatte jedes sein zuviel und zuwenig, vieles kein gegenteil, aber eines war mir immer und in jeder situation das schlimmste: das *bedeutende*.

die westentaler

den vorschlag, allen migranten den schönen deutschen namen
westentaler anzubieten, halte ich für eine wenig durchdachte,
ja sogar für eine gefährliche, also schlechte idee. erstens ist damit keine wirkliche verortung verbunden, da es in unserer heimat kein westental gibt, man müsste also namen wie gurktaler,
bärentaler oder inntaler zur verfügung stellen. außerdem muss
man bedenken, dass die meisten einwanderer aus dem osten
kommen, und es wäre vermutlich eine psychische überforde-
rung, sie sozusagen semantisch, ethnisch und geographisch
umzupolen. norden- oder südentaler klänge ohnehin läppisch.
wäre auch keine alternative. natürlich, einen enormen integra-
tionseffekt könnte man von einer solchen umtaufe schon erwarten, überidentifikationen mit eingeschlossen. das könnte
aber wiederum neue probleme schaffen, denn so deutsch sind
wir ja in österreich auch wieder nicht. ja, es wäre zu befürch-
ten (und das bitte ich zu bedenken), dass sich die westentalers
massenhaft integrieren, politisch engagieren, in alle gremien
auf allen ebenen hineindrängen, ja eine eigene partei gründen.
davor warnen jetzt sogar schon einzelne ordentliche westentaler. und das will etwas heißen.

will man, dass zwei menschen glücklich zusammen leben, muss man *zusammen leben* getrennt schreiben. will man aber, dass sie sich schnell in die haare kriegen, kann man sie ruhig *zusammenleben* lassen, denn was immer aufeinanderpickt (welch ein grauenhaftes wort), liegt schnell in streit. das prinzip gilt auch für *in streit liegen*. will man, dass sich paare wieder vertragen, schreibt man besser *in streit liegen*, während *instreitliegen* andauernden hader verspricht. das wäre ein neuer ansatz für eine weitere reform der rechtschreibreform. da könnten sich die reformer richtig *zusammenraufen* was allerdings garantieren würde, dass sie dann auch richtig *zusammen raufen* könnten.

ja, ja

ich habe jetzt endlich einen jungen hausarzt, sagte der fünf-
undneunzigjährige. ich bin heute zu seinem siebzigsten ge-
burtstag eingeladen. der alte ist mir leider mit seinen hundert-
drei jahren gestorben. er war zum schluss schon sehr klapprig.

guten morgen

guten morgen, herr maier. guten morgen. aber ich heiß doch
gar nicht maier. ja, glauben sie, dass huber besser wäre. ich
heiß auch nicht huber. müller? nein. aber andere namen kann
ich mir nicht mehr merken. ja, dann laufen sie mir gefälligst, so
zeitlich in der früh, nicht mehr über den weg.

mostbirne

er hatte sich das blut in den kopf gesoffen, und sein schädel
mimte eine in gärung befindliche mostbirne. sein blick blieb
forsch, seine ohren gespitzt, seine arme und seine finger hingegen hingen steif herunter.

der bäcker als dichter

manchmal stimmt der wortteig nicht, er bricht, zerrinnt, bleibt
an den fingern kleben, oder schlimmer noch, bleibt sitzen. das
mehl zu glatt oder zu griffig, die milch zu kalt oder zu warm.
was solls, die krapferl, buchteln, stritzeln oder laberl bleiben
unerreichbar in der zukunft hängen, bleiben möglichkeiten,
wünsche, träume, gar nicht zu reden von den brezeln.

redewendung

der tropfen fiel auf den bekannten heißen stein. der heiße stein
war aber kalt. und da der tropfen auch kein steter war, blieb
alles nur fragment einer unwendbaren redewendung.

gerade der winter

frühling, sommer, herbst und winter. eigentlich müsste dem
frühling der jetztling folgen, und danach der spätling. für den
winter gibt es keine bezeichnung. das ist schade, denn *gerade
der winter wäre so interessant gewesen*, sagte schon karl
valentin.

kurzschluss

es war eine kurzschlusshandlung, dass ich beim haustor an der
eigenen klingel den knopf drückte. obwohl ich nicht zuhause
war, weil ich ja gerade heimkam, wurde die tür geöffnet. ich
hab doch meinen schlüssel, sagte ich ein wenig verärgert. stieg
dann doch gespannt die beiden treppen hoch, und wirklich,
ich stand bei der geöffneten tür, wie es meine gewohnheit ist,
gäste zu empfangen. hallo, sagte ich zu mir, du bist schon da.
ja, sagte ich, ich bin heute etwas früher gekommen. ich erwarte
einen besuch. und jetzt bin ichs selber. ich lachte verlegen. na,
ja, das muss ja nicht jeden tag vorkommen.

in aller klarheit

ich möchte in aller klarheit sagen, dass die strukturbereinigung privatisiert werden muss, da bereits der erste indianeraufstand im sechzehnten jahrhundert zur globalen erwärmung beigetragen hat. da hätte man schon die azteken fragen müssen, aber die konnten ja nicht einmal spanisch, geschweige denn ein vernünftiges deutsch. trotzdem war der lateinamerikanische privatisierungsprozess für uns ein großer erfolg. davon zehrt das abendland heute noch. der zug ist also abgefahren und hält nicht einmal mehr in zeltweg oder völkermarkt. wir sind ja nicht blind, das sieht man ja mit offenen augen. trotzdem setze ich mich für alles ein, das müssen sie sich nicht hinter die ohren schreiben. das ist einfach so. plus mal plus ergibt minus, das haben schon die araber gewusst, die heute bei uns die Straßenzeitung *augustin* verkaufen. die preise sind flächendeckend ohnehin schon am plafond, das haben sie auch mir zu verdanken, ich war immer für wohlstand, besonders die ärmeren sollen vom hohen preisniveau profitieren. schauen sie sich den allgemeinen saustall an. es wird nur wirres zeug geredet, und sowas glauben sie auch noch. damit das endgültig klar ist, so geht das nicht, anders auch nicht. der umkehrschluss heißt aber nicht, dass man umkehren soll. haben sie mich verstanden? das muss doch auch der kleine mann verstehen. von der frau will ich ja nicht reden. also.

training

ein unauffälliger mann von der straße wendet sich an einen ebenso unauffälligen mann von der straße: haben sie eine minute zeit? da der sprechende keinem bettler gleichsah, sagte der angesprochene etwas ungeduldig ja. ich hätte eine bitte: könnten sie mir einen brief schreiben? einen brief? wieso soll ich ihnen einen brief schreiben, ich kenn sie doch gar nicht. das ist egal. ich möchte mich nur an sie erinnern. wieso möchten sie sich an mich erinnern, wenn sie mich gar nicht kennen? eben deshalb. sich an einen bekannten oder freund zu erinnern ist ja keine kunst. außerdem fällt mir die erinnerung immer schwerer, ich vergesse einfach alles. ja, das wäre so eine art training für mich. kommen sie mir nicht damit. ich hasse alles, was mit trainieren zusammenhängt. das ist doch nur etwas für idioten. werden sie nicht frech, junger mann. ich meine doch nicht sie, sondern nur diese schwitzenden menschen, die ein leben lang trainieren, bis sie topfit umfallen. und was soll das alles mit dem brief zu tun haben. gar nichts. ich wollte mir nur die zeit vertreiben, bis das geschäft hier aufsperrt. es ist endlich offen. ich danke ihnen. wenn sie mir ihre adresse geben, schreibe ich ihnen wirklich einen brief, der sich gewaschen hat. waschen auch noch, genügt ihnen training nicht?

offen gesagt

ein ehemaliger österreichischer spitzenpolitiker sagt offen:

in italien herrschen italienische verhältnisse.
daraus können wir folgern:

in afrika herrschen afrikanische verhältnisse
in amerika herrschen amerikanische verhältnisse
in deutschland herrschen deutsche verhältnisse
in frankreich herrschen französische verhältnisse
in großbritannien herrschen britische verhältnisse
in griechenland herrschen griechische verhältnisse
in indien herrschen indische verhältnisse
in japan herrschen japanische verhältnisse
in russland herrschen russische verhältnisse
in zentralasien herrschen asiatische verhältnisse
etc. etc.

fazit:

in österreich herrschen österreichische verhältnisse.

fenstertag

österreich ist das land der fenstertage. beim wort *fenstertag*
bekommt der österreicher glänzende augen. durch die vielen feiertage entstehen nach einer unergründlichen kalenda-
rischen arithmetik unzählige fenstertage. der fenstertag ist dem
österreicher heiliger als die heiligsten festtage. der fenstertag
ist ein günstling unerklärbarer prozesse, seine legitimation
liegt im zufall und vor allem, er wird einem fast geschenkt. vermutlich ist der fenstertag selbst ein österreicher. sollte es einmal einen österreichischen papst geben – was nach einem bay-
erischen gar nicht so utopisch ist – wird es seine erste aufgabe
sein, neue feiertage so zu legen, dass möglichst viele fenstertage entstehen, und seis mit hilfe neuer habsburgischer heiliger. ein ideal wäre ein jahr mit rund zweihundert feiertagen
und hundert fenstertagen. der rest fiele auf sonntage. die schätzung müsste ein versicherungsmathematiker überprüfen. ein
solches jahr könnte man dann zum heiligen jahr an sich erklären, was vermutlich sogar von den österreichischen athe-
isten akzeptiert werden würde. wahrscheinlich hätte auch unser laizistischer staat keine probleme damit. schließlich ist ja
der fenstertag ein österreicher.

als der schöpfer aller sprachen die deutsche sprache erfand,
hatte er nicht seinen besten tag. in die säuberliche trennung
von männlich und weiblich hatte sich in einem schwachen
moment das neutrum gemischt, unvorhersehbares unheil stif-
tend. nachdem er schnaps und wein zum maskulinen element
bestimmt hatte, musste er beim bier etwas nachgeben, sozusagen einen harmonisierenden ausgleich schaffen: *das* bier.
die milch ergab sich von selbst als feminin. da er sich bei sich
selbst schon für das männliche prinzip entschieden hatte –
deutsch ist einmal deutsch – hatte er sich zu sehr mit den männlichen getränken eingelassen. etwas benebelt – *der* nebel – was
ja im schöpfungsakt nichts widernatürliches wäre – erklärte er
raum, fluss und berg als maskulin, *das* weib aber aus unerklär-
lichen gründen als neutrum. wird der mann zur bestie, muss
er grammatikalisch sein geschlecht wechseln, während eine
frau einen aufsatz nur als männliches wesen schreiben müsste.
lass dich nicht auf diese fragen ein, flüsterte mir ein engel, der
zum neutrum prädestiniert wäre, ins ohr, denn *das deutsche
mensch ist unergründlich.* hier fehlen zwei beistriche, mischte
sich der schöpfer aller sprachen ein, es heißt: *das deutsche,
mensch, ist unergründlich.* falsch, erlaubte sich der vorlaute
engel mit luziferischem blick aufzubegehren: *der mensch* ist
heute nicht mehr zu verantworten. besser wäre *das mensch,*
aber da legen sich sicher wieder die bayern quer.

logik

weißt du was logik ist? na, logik ist, wenn etwas logisch ist.
leichter fällt mir zu erklären, was nicht logisch ist. was ist nicht
logisch? nicht logisch ist, wenn ein dritter erster wird. das ist
nicht logisch, da hast du recht. aber logisch ist, wenn ein dritter, der erster wurde, als zweiter glaubt, wieder erster werden
zu müssen. das ist logisch. so würde ich auch denken. aber,
dass der erste dann nicht erster wird, ist wieder nicht logisch.
das ist wieder nicht logisch. also, mit der logik kommen wir
nicht weiter. gehen wir das problem anders an. reden wir, zum
beispiel, von den steigbügelhaltern. ich finde es immer gut, ein
problem von der basis aus zu betrachten. ein steigbügelhalter
darf weder zu klein noch zu groß sein. wenn er zu klein ist,
kommst du nicht aufs pferd, ist er zu groß, kannst du auf der
anderen seite hinunterfallen. damit wären wir wieder bei der
logik.
logisch. und die moral von der geschicht? bitte, lass die moral
aus dem spiel. sie hat in der logik gar nichts zu suchen. auch
nicht in der politik? in der politik schon gar nicht.

mitraucher

ein vertreter der tabakindustrie erklärte mit dem strahlen-
den lächeln gediegener werbespots, dass es nun endgültig be-
wiesen sei: das rauchen ist im gegensatz zum mitrauchen geradezu gesund. die negative wirkung für die mitraucher läge in
den homöopathischen dosen, in den winzigen quantitäten, so
dass man eigentlich nur, vernunft vorausgesetzt, zum kräftigen
kettenrauchen mit lungenzügen auffordern sollte. und, sein
lächeln wurde noch strahlender, die raucher hätten bereits auf
diese tatsache reagiert und begännen sich zu organisieren. als
lebensgefährten kämen für kettenraucher nur mehr raucher
in frage, was zur gründung entsprechender clubs für gesunde
partnerschaften führte. schließlich könne man keinem raucher
zusätzlich das risiko des mitrauchers zumuten. es könne kein
raucher in kauf nehmen, dass bei asymmetrischen partnerschaften der mitraucher früher zum pflegefall werde, was eine
solche lebensgemeinschaft enorm belasten würde. die mitraucher haben aus diesen wissenschaftlichen erkenntnissen noch
keine konsequenzen gezogen, was ein zeichen mehr für das
bedeutend höhere gesundheitsbewusstsein der raucher sei. allerdings: die unterstellung der kettenraucher, dass mitraucher
schmarotzer seien, ist im hinblick auf die folgen des mitrau-
chens haltlos. ein wesentlicher aspekt wurde allerdings bei
diesen gesundheitspolitischen überlegungen übersehen: auch
die raucher sind mitraucher und in dieser hinsicht besonders
gefährdet, weshalb von seiten der raucher immer mehr nicht-
raucherzonen gefordert werden.

entweder oder
sowohl als auch

entweder oder sowohl als auch oder auch als sowohl, denn entweder oder ist sowohl entweder als auch oder. das musst du wiederholen. wieder holen? lies es doch zweimal. es interessiert mich doch einen schmarrn, ob du diese einfache feststellung verstehst oder nicht. es ist doch ganz einfach: die entweder-oder-leute kennen kein sowohl als auch, obwohl sich entweder oder gar nicht von sowohl als auch unterscheidet. passt dir das entweder nicht, hast du das oder, es ist also beides, sowohl als auch möglich. entweder sowohl als auch als auch das oder sind möglichkeiten, nur die entweder-oder-menschen glauben, dass es jeweils nur eines davon gibt. nicht im entweder oder liegt der hund begraben, sondern dass das sowohl als auch als entweder oder erscheint. entweder es gilt sowohl als auch oder entweder oder, das ist eine beschränkte haltung, denn es gilt entweder oder oder sowohl als auch. in diesem falle ist ein oder überflüssig.

satzembryo

entschuldigen sie, mein lieber, dass ich ihnen in dieser form von *ein paar worten* gegenübertrete. mich gibt es eigentlich noch gar nicht, und schon kann ich treten. ich bin also immer noch wort, aber auf dem besten weg, ein mensch zu werden. eigentlich will mein autor – oder soll ich besser *mein lieber vater* sagen? – gar nicht mehr weiterschreiben. sein tick für kürzestgeschichten lässt aus mir nichts vernünftiges werden. das ist macht. das ist gewalt. das ist *no future*. wenn sie wissen, was ich meine.

anthropologisches

es gibt menschen, die im winter, wenn sie ein zimmer betreten, sofort das licht ausschalten, alle fenster aufreißen, die heizung abdrehen. und es gibt menschen, die im hochsommer, wenn sie ein zimmer betreten, sofort alle fenster schließen, die vorhänge zuziehen, und das licht aufdrehen. jawohl, das gibt es. damit ist aber noch lange nicht die frage geklärt, wieso handtücher von gewaschenen händen schmutzig werden.

der karpfen zum truthahn: servus alter adler. truthahn zum karpfen: wenns mich nur im plural gäbe, wäre ich nicht so frech wie du, müder hecht. wie gehts dir, alter? danke der nachfrage. ein wenig fad, wie immer. ich schwimm halt im kreis, solang es das eis erlaubt. und du? na, ich geh im kreis in meinem verschlag, in dem es zieht wie in einem vogelhaus. auch nicht besser. was solls. habt ihr zu weihnachten etwas vor? ja, nachdem wir nie weggefahren sind, leisten wir uns heuer ein fünfstern-hotel im salzkammergut. so, ein hotel? ja eigentlich sind wir eingeladen. eingeladen? ja, eingeladen. und ihr? du weißt, auch wir blieben immer daheim, aber diesmal sind wir in einem niederösterreichischen kloster. originell. und, stell dir vor, auch wir sind eingeladen. so ein zufall. auch eingeladen. na, dann können wir uns ja beide ein schönes fest wünschen.

gedenken

sie müssen bedenken, gedenken ist auch eine form von denken, wenn es auch viele vom denken abhalten mag, sagt der mann mit dem enormen rückblick, wie sich seine freunde hämisch auszudrücken pflegen. er weiß nicht nur alle geburts- und namenstage in der verwandtschaft und im freundeskreis, sondern auch die nationalen gedenktage, regionale, kirchliche, politische, kulturelle sowieso. er nervt seine freunde mit den zehnten, fünfundzwanzigsten, fünfzigsten, hundertsten todestagen berühmter leute, gar nicht zu reden von den dreihundertfünfundsiebzigsten und fünfhundertsten, ja den sechshundertzwanzigsten. ganz zu schweigen von den neunundneunzigsten oder hunderteinten. die skala ist nach allen richtungen offen. vom vierzehnten jahrhundert rückwärts werden die geburtstage seltener, die todestage aber umso bedeutender. man kann sich vorstellen, nein, man kann es sich nicht, wie so ein gedenkprofi beschäftigt ist. die zeitungen und magazine werden fortlaufend auf unverzeihliche unterlassungen aufmerksam gemacht. täglich. und es ist unerträglich, was so ein gedenkjahr wie das mozartliche an katastrophalen auslassungen, versäumnissen, benachteiligungen anrichtet. dass sich freud da noch hineinschmuggeln konnte, muss ja fast als gedenksieg gefeiert werden. der gedenkprofi träumt aber vom totalen gedenken. allein die fünfhundert größten köpfe der menschheit mit gedenkjahren zu feiern, würde schon das halbe dritte jahrtausend lahmlegen. und einen vorteil hätte das totale gedenkken, sagte er zu sich, und er gab acht, dass es niemand hören konnte, dass damit künftige bedeutende gedenktage ausgeschlossen, ja vernichtet wären. es dürften sich künftig keine katastrophen mehr ereignen, keine gedenkwürdigen ereignisse stattfinden, keine genies mehr geboren werden, die welt wäre endlich gedenkmäßig komplett, im gedenken versunken. und die zweite hälfte des dritten jahrtausends? keine sorge, sagt der gedenkprofi laut, dass es alle hören können, fünfhundert bedeutende menschen, das ist nur eine sehr pessimistische schätzung, es gibt eine gewaltige dunkelziffer. das dritte jahrtausend ist schon lange komplett.

gewissensbeißkorb

jeder mensch hat ein gewissen. gewiss. aber nicht jedes gewissen beißt. beißt? ja, beißt. woher kämen sonst die gewissensbisse? hast du nicht auch dauernd gewissensbisse? sicher. natürlich. auf jeden fall. zeig her. die kann man doch nicht sehen. daran habe ich gar nicht gedacht. es soll übrigens immer mehr zonen geben, in denen gewissensbeißkörbe angelegt werden müssen. etwa in allen banken, schulen, konzernen, parteien, ja in versicherungen, gewerkschaften, vereinen. im handel, in den medien, in apotheken, buchhandlungen, urlaubsorten und kuranstalten. im sport, besonders im leistungssport, im alpinen, maritimen, intimen. der gewissensbeißkorb ist ein intelligentes design unserer neoliberalen gesinnungsgemeinschaft. design ist unsichtbar, sagte einmal ein kluger kopf, der gemeine, gewöhnliche gewissensbeißkorb ist ein schlagender beweis. was, schlagend? auch das noch.

der taschendieb

er sah aus wie jener taschendieb, der kurz vor dem schließen
der automatischen türen aus dem zug sprang und mein geld-
börsel mitnahm. genau dieser kleine, etwas rundliche typ, ge-
schorenes schwarzes haar (aber keine glatze), goldketterl am
hals und an den handgelenken. wenn man nicht wüsste, wie
ein taschendieb aussieht, er wäre das perfekte modell. der tän-
zelnde, athletische gang, das verdächtige schütteln der hand-
gelenke und schließlich das nervöse bewegen der finger und
das knacken mit den fingergelenken – lockerungsübungen?
richtig! und das in aller öffentlichkeit. er tänzelte zuerst um
mich herum. ich blieb hellwach, das merkte er wohl. dann zwischen den gruppen herumstehender. ich war mir sicher, bald
schlägt der ganove zu. aber nichts geschah. er hielt abstand zu
allen: reines, kalkuliertes, präzises täuschungsmanöver. da er-
schien eine hübsche junge frau mit baby. er nahm das kind und
küsste es väterlich. aus dem lauten gespräch (nebenbei in einem beneidenswerten hochdeutsch), erfuhr ich, dass er gerade
die diplomprüfung in der musikakademie bestanden hätte, als
pianist. ich fühlte mich gefoppt, enttäuscht, verärgert, ja ich
war wütend. da sieht ein mensch aus wie ein gestandener taschendieb, benimmt sich wie ein taschendieb und ist vielleicht
ein klaviervirtuose. wie kann man einen einfachen, ehrlichen
bürger, der ein recht hat, sich auf seine erfahrungen und vor-
urteile zu verlassen, so hinters licht führen? gehört sich das?
ein wenig ehrlichkeit könnte man doch von einem ausländer
erwarten. finden sie nicht?

hundebesitzer

ich schwör's ihnen, mein hund hat am liebsten gefüllte paprika. und meiner kann beschränkte menschen nicht riechen. ich schwör's ihnen.

was beckett nervt

es nervt mich, wenn leute alles lustig finden und dabei nicht lachen. oder wenn sie fortwährend lachen und dabei nichts lustig finden. oder alles lustig finden und fortwährend dabei lachen, oder nichts lustig finden und dabei auch nicht lachen. eine wohltat, wenn jemand alles beschissen findet und dabei lacht.

können

was andere nicht können, kann ich schon lange nicht.

engel

engel gehen nicht aufs klo, mein kind. bei engels war das anders, der hatte ein s hinten dran. kapiert?

stumpfsinn

nicht jeder stumpfsinn ist gleich als stumpfsinn zu erkennen. man (n, frau) muss oft schon sehr spitzsinnig sein, um, zum beispiel, einen solchen stumpfsinn, wie er sich hier entwickelt, zu durchschauen. spitzsinnig wäre falsch ausgedrückt, weil es das stumpffindige weder an sich gibt, noch als wort in gebrauch ist. den spitzsinn gibt es ja eigentlich auch nicht, obwohl man spitzsinnig gerade noch durchgehen lassen könnte. warum eigentlich durchgehen? diese frage muss erlaubt sein. wo so ein spitzsinn, wenn es ihn gäbe, hinginge, kann nur ein geheimnis bleiben. karl valentin hat mir das einmal erklärt, aber die pointe nicht verraten.

klobrille

dieses wortmonster, dieses wortungeheuer ist eine unver-
schämtheit, eine maßlose übertreibung und eine fälschung
sowieso, kurz, eine dumme affirmative übertreibung durch
verdoppelung als anmaßung. das ist schön gesagt. wenn überhaupt, könnte man höchstens von einem monokel sprechen,
einem riesenmonokel aus holz, blech oder plastik mit schar-
nier, ohne glas. ein monokel zum drauf sitzen oder hindurch
schauen, in umgekehrter richtung. eine fehlkonstruktion, eine
beleidigung des auges und der logik sowieso. ein gerahmtes
nichts mit kanalanschluss. ein loch für ein loch. eine verhöh-
nung der edlen dingwelt, ja unserer abendländischen werte.
der erfinder dieses monsters muss ein zyklop gewesen sein,
selbst ein archaisches ungeheuer, sicher kein engländer, schon
gar nicht einer der industriellen revolution. das wort gehört
einfach abgeschafft, wie hosentürl oder blutschande.

urknall

reporter: können sie mir in ein paar worten, höchstens in drei sätzen, den urknall erklären? das ist ganz einfach: sie kennen doch den begriff des urknallkopfes, der sich durch besonders intelligente fragen auszeichnet und meistens der schreibenden zunft angehört. diese fragen betreffen immer ganz einfache, ganzheitliche probleme, die meist durch besonders intelligentes design entstanden sind, wie eben die entstehung der welt oder des lebens, oder noch einfachere fragen, wie schreibt man einen roman, wie erklären sie sich mozart, was halten sie von der verbreitung der dummheit durch thermodynamik oder alphabetisierung? allerdings ist zu bedenken, dass der urknallkopf nicht durch den urknall, sondern durch ein misslungenes schöpfungsexperiment entstanden ist, das zwar zum urknall geführt hat, aber nicht total genug war, um eine evolution zu verhindern. die genauere erklärung würde allerdings über drei sätze hinausführen, und da müsste ich sie bitten, mir die frage noch einmal etwas präziser zu stellen, damit ich sie auch für sie verständlich beantworten kann.

besserwisser & rechthaber

der besserwisser und der rechthaber sind brüder, der eine weiß naturgemäß alles besser, der andere hat naturgemäß immer recht. der besserwisser ist gefürchtet, der rechthaber wird allgemein bedauert. der besserwisser veröffentlicht ständig sein besserwissen, der rechthaber hortet sein rechthaben. der besserwisser steht in jeder veranstaltung auf und weiß alles besser, der rechthaber verkriecht sich und hat einfach recht. der besserwisser ist allgemein korpulent, der rechthaber hager und hat magengeschwüre. streiten die brüder, weiß der besserwisser immer alles besser, obwohl der andere recht hat. hat der rechthaber einmal nicht recht, was praktisch nicht vorkommt, hat dies der besserwisser schon lange, ja immer gewusst. wird dem besserwisser nachgewiesen, dass er etwas nicht besser weiß, beharrt er darauf, dass er zumindest recht hat. liegt der rechthaber trotzdem im unrecht, obwohl das nie vorkommt, weiß er es dennoch besser. man kann sich gut vorstellen, dass beide brüder dauernd im streit liegen. so wird es zeit, beide aufzuklären, dass besserwissen und rechthaben praktisch gleich und apriori nutzlos sind, weil der rechthaber nie eine chance hat, recht zu bekommen und der besserwisser gegen das absolute nichtwissen machtlos ist, und das alles, obwohl der eine immer recht hat und der andere immer alles besser weiß. eine frage bleibt unbeantwortet, wieso der eine dick und der andere dünn sein muss.

der autor irrt. nicht der nichtwisser ist das sinnstiftende element des besserwissers, sondern der wenigerwisser! der nichtwisser macht den besserwisser arbeitslos. und dieses feld der nationalökonomie wollen wir uns doch nicht versauen lassen. nur der wenigerwisser ist eine dauernde herausforderung des besserwissers, denn da genügt nur ein weniges, um etwas besser zu wissen. und, man kann sich drauf verlassen, auch unter den besserwissern gibt es zahllose wenigerwisser, ja potentiell ist jeder besserwisser ein wenigerwisser, weil es immer jemanden gibt, der etwas besser weiß. genaugenommen gibt es auf der welt immer nur einen wirklichen besserwisser, eben den, der alles besser als alle besserwisser weiß. also wenn man schon etwas über besserwisser schreibt, sollte man dies sehr sorgfältig prüfen, denn es gibt immer einen leserbriefschreiber, der es besser weiß. ob er auch recht hat, ist eine andere frage. trotzdem: haben sie es nötig, sich selbst einen leserbrief zu schreiben? nötig nicht, aber große vorbilder. und wenn man es selbst besser weiß, warum nicht?

wetten

wetten, dass die medien über das größte ereignis der weltgeschichte nicht berichten werden? welches meinst du? natürlich den weltuntergang.

den mund halten

halte den mund, sagte die mutter zum kind. soll ich auch deinen halten, fragte die kleine.

streit an sich

sie wollen mich in einen streit verwickeln? ich? ja sie. das sehe
ich ihnen doch an. im gegenteil, ich wollte ihre blöde fixierung
mit den augen los werden, deshalb habe ich mich umgedreht.
ja, aber es hat ihnen nichts geholfen. ich bin nämlich hartnäckig. das ist doch der beweis, dass sie mich in einen streit
verwickeln wollten. da haben wirs. nichts haben sie. sie waren mir von anfang an verdächtig. was ist schon verdacht. ein
hirngespinst. obwohl sie kein hirn zu haben scheinen. sonst
würden sie nicht fremde, unschuldige menschen in einen streit
verwickeln wollen. wollen haben sie gesagt? können sie ihren
schwachsinn nicht woanders ausleben? was heißt woanders.
was heißt ausleben? was heißt schwachsinn? ich habe doch
kein wort gesagt. nein. nur reden sie unentwegt. eben. aber gedacht haben sies. das sieht man in ihrem blöden, bornierten
blick. das sehen aber nur sie, mit ihrer angstneurose, mit ihrer perversen streitsucht. leider muss ich aussteigen. schade.
es hätte alles so schön begonnen. aber noch schöner ist der
schluss. welcher. ja der, dass sie aussteigen müssen.

geburt des erdapfels

was ist eine kartoffel? eine kartoffel ist ein graubrauner, rund-
licher, unförmiger knollen mit augen aus denen im frühjahr
weiß-grünliche triebe sprießen. und was ist ein erdapfel? das
gleiche. aber nicht dasselbe. der erdapfel ist ein kühner euphe-
mismus, der einst aus einer knolle einen apfel machte, also
ein schwindel, eine verdrängung, eine zumutung. vermutlich
von einem realitätsverweigerer, der einer kartoffel nicht in die
augen schauen konnte. stimmt nicht. nein, das war ein berühmter koch am hofe der maria theresia – wie hieß er doch
gleich? –, der wollte der kaiserlichen familie während des
schlesischen krieges nicht ein preußisches knollengewächs
zumuten, so eine semantische kreuzung zwischen pantoffel
und karsamstag. da erfand er den erd-apfel. diese bezeichnung
war salonfähig und eignete sich besser für salat, gulasch oder
schmarrn. erdapfelsalat, das hat doch poesie. kartoffelpuffer
kannte man sowieso nicht und wenn, dann nur fürs gesinde,
von dem bekanntlich gesindel kommt. und was sagt die forschung zu grundbirn? ganz einfach: maria theresia schickte
doch einen haufen einfacher leute ins banat. und? die siedle-
rischen weibsbilder wollten den herrischen apfel nicht aner-
kennen und nannten die kartoffel, nein den erdapfel grundlos
birn. grundbirn. dabei haben sie aber nicht an das kopulati-
vum grundbirngulasch gedacht.

vieraugengespräch

das vieraugengespräch ist eine gesellschaftliche konstante. im vieraugengespräch ist der mann noch was wert. vieraugengespräche haben familien- und weltgeschichte gemacht. am vieraugengespräch kann und darf nicht gerüttelt werden. vorausgesetzt, sagte der einäugige, dass es sich nicht um einäugige handelt, denn dann reden vier personen miteinander. dann ist im vieraugengespräch zumindest jeder vierte ein risiko. statistisch gesehen. auch das dreiaugengespräch von einäugigen ist riskant. denn jeder dritte kann, auch das statistisch gesehen, ein verräter sein. allerdings ist in so einem fall der verräter, der andersdenkende oder andersgläubige leicht auszumachen. und was ist mit den blinden, mischte sich ein blinder in die diskussion? ein vieraugengespräch unter blinden ist reiner nonsens, ja zynismus. na, dann nennen wir es halt vierohrengespräch, sagte ein ungeduldiger und gelangweilter unbetroffener. geschenkt, brüllte die runde erleichtert, aber nur für den fall, dass es sich um keine tauben handelt.

wünschen

er sagte immer »morgen«, »tag«, »abend« oder »mahlzeit«. das
»gute« oder »guten« ließ er vorsorglich weg. denn er war sich
nie sicher, ob er jemandem, ob freund oder feind, einen guten morgen, tag oder abend wünschen sollte oder wollte. einen
»schlechten« zu sagen wäre in unserer hinterfotzigen gesellschaft unmöglich, weil eben ganz ungewohnt, unüblich oder
ungehörig. jemanden eine gute oder gar gesegnete mahlzeit zu
wünschen (warum nur eine?), gliche nicht nur halb einem poli-
tischen bekenntnis, sondern wäre angesichts des übergewichts
der mehrheit des bekanntenkreises eine glatte unhöflichkeit,
wenn nicht gemeinheit. bei weihnachten und neujahr ließ er
allerdings das »frohe« und »gute« nie weg, denn froh hielt er
in diesem zusammenhang für einen aufgelegten schwachsinn
und gut kommt ja für ein ganzes jahr ohnehin nicht in frage, so
dass man solche wünsche, bei aller häme, nur als minimalste
höflichkeitsform gelten lassen konnte. außerdem: wieso weihnachten froh und ostern fröhlich sein sollten, ist eine sache der
festtage selbst und geht die leute nichts an. bei geburtstagen tat
er sich leicht, das »viele jahre« nahm an glaubwürdigkeit mit
dem alter von selbst ab, so dass sich der bewünschte jeweils
seinen teil denken konnte. überhaupt hat wünschen eine frak-
tale, wenn nicht hybride ambivalenz in heterogonalen kon-
taktdefekten, vor denen man sich möglichst drücken sollte.

hansi

tschuldigen, sind sie der hansi unterseer? wer? na, der berühmte hansi unterseer? ich kenn keinen hansi unterseer. na, der mit dem gesicht. der mit den haaren. macht eine charakteristische kopfbewegung. der mit dem markanten hüftschwung. ich habe ihn nie gesehen. nicht einmal von weitem. ja, dann auch nicht von der nähe. auch nicht von der nähe. ich hab mir gedacht, sie könntens sein. nett. wieso nett? na, dass ich so nah bei ihnen stehen darf. ich bin aber nicht der hansi unterseer. ah so, sie sinds gar nicht. na, so ein zufall. warum sagen sie das nicht gleich. jedenfalls freut es mich, dass ich sie gesehen hab. und, dass sie so nett zu mir waren. das muss ich gleich meiner ganzen familie erzählen, die ist ein fan von ihnen. meine frau wird augen machen, dass ich fast den hansi unterseer gesehen habe.

alptraum

seit ich das wunderbare buch »die grüne schachtel« von bogdan bogdanovic lese, träume ich wieder. nicht dieses simpel
gestrickte zeug, an dem sich die freudianer delektieren, nein,
was besseres, das eher in den tag als in die nacht gehört, auch
wenn es sich nachts ereignet. ich träumte von einer deutsch-
stunde, programm: »aufsatz«. der alternative lehrer, ein mili-
tanter nichtraucher im selbstgestrickten pullover, der immer
noch nach tabakregie roch, stellte das thema: *von den nibelungen zu den raucherlungen.* wunderbar, sagte meine phan-
tasie. ich musste sie mit ph schreiben, denn da kann die heutige
fantasie nicht mitreden. hatten die nibelungen raucherlungen oder nicht, war meine erste frage. aber dann ist der titel
falsch, denn der impliziert ja eine entwicklung, wenn vielleicht
auch nur als rückschritt. denkbar wäre es: die rauchkucheln
und lagerfeuer bescherten jeder kriemhild, jedem hagen eine
raucherlunge. aber können raucherlungen auch nibelungen
haben? das war das eigentliche thema. das hätte ich dem lehrer mit seinem rötlichen dreitagebart nicht zugetraut. ich war
verzweifelt. schweißgebadet. da stand bogdan bogdanovic
in übergröße vor mir und lächelte mit surrealer gelassenheit:
träume darf man nicht erfinden, mein freund, träume muss
man pflegen.

kleiner text

einen kleinen text zu schreiben ist ganz einfach. man beginnt
einfach. und dann? na, ja. der text ist noch zu klein, man sagt
auch besser: zu kurz, obwohl kurz und klein sicher nicht dasselbe ist. die beiden sicher nicht dasselbe sind. etwas kleiner
muss nicht kürzer sein und etwas kürzer sicher nicht kleiner.
aber der text wird ja von selbst länger, je länger man daran
schreibt. je länger um so länger. das ist nicht immer so, darauf
kann man sich verlassen. je länger man schreibt, umso kürzer
der text. auch das gibt es. das war aber nie der luxus der groß-
schriftsteller. ist dieser text für einen kleinen text schon lang
genug? kürzer darf er sicher nicht sein. aber es könnte bald
reichen. obwohl er immer noch verhältnismäßig kurz ist. das
liegt so im charakter kurzer texte. man muss nur rechtzeitig
aufhören können. darin liegt das ganze geheimnis. jetzt könnte
es stimmen. passt. jetzt könnte es passen. stimmt.

tut mir leid

kennen sie das gefühl, wenn man nach einer halben stunde suchen, kreisen, fluchen endlich eine parklücke findet, weil sie gerade jemand fluchtartig verlassen hat? kennen sie den ärger, wenn sie nach verlassen des vorschrifts- und fahrschulmäßig abgestellten fahrzeuges draufkommen, dass sie in einem halteverbot stehen? kennen sie diese unbeschreibbare wut? multiplizieren sie diesen seelenzustand mit dem faktor zehn oder fünfzehn ... sie haben keinen führerschein? ja, sind sie nie in einem auto gesessen, wenn jemand nach einer halben stunde suchen, fluchen und kreisen ... nie? ach so, sie sind immer vorher ausgestiegen. na dann, tut mir leid, dann können wir uns über dieses thema nicht unterhalten, dann kann ich ihnen diese geschichte nicht erzählen. tut mir wirklich leid.

kammerton a

eine blähung und die folgende erleichterung ist, zugegeben,
sagte er mit ernster, trauriger stimme, indem er sich mit dem
gestreckten zeigefinger waagrecht durch den angegrauten
schnauzbart fuhr, eine solche blähung ist, zugegeben, ein
schnell vergängliches phänomen. aber darum, sagte er, indem
er ein wenig lächelte, darum geht es gar nicht. ich war der einzige, setzte er von neuem an, der einzige in der welthauptstadt
der musik, der mit hilfe eines sensiblen schließmuskels und
eines absoluten gehörs den kammerton a blasen konnte, und
zwar mit einer so großen präzision, dass mir freunde von den
wiener philharmonikern eine große karriere voraussagten.
aber darum geht es auch nicht. es geht darum, dass plötzlich
so ein rüpel auftauchte, der behauptete, er könne das auch,
und zwar hätte er lange vor mir diese technik entwickelt. jetzt
stehen wir schon jahre vor gericht, und keiner von uns hat mit
seiner erfindung einen cent verdient. die tonbandaufnahmen
gelten nicht als beweismittel, weil der zeitfaktor nicht feststell-
bar ist. die richter sind der meinung, dass es sich (wienerisch
ausgedrückt) nicht lohnt, wegen *so einem schas* vor gericht zu
gehen. die verstehen also nicht einmal das problem. ja, wien
ist anders, und es ist lange her, dass hier chirurgen mit einem
brahms quartett spielten.

schnurz

mir ist alles schnurz. schnurz ist zu kurz. das musst du schon präzisieren. schnurz kommt von schnurzen. und niemand weiß, was schnurzen bedeutet. jedenfalls hat es sicher nichts mit kurz zu tun. mit kurz nicht. aber mit schnurz. und damit begibst du dich in den inneren kreis der semantischen ringe. kennst du den herrn der semantischen ringe? nein. das hab ich mir gleich gedacht. aber das ist mir auch schnurz. vielleicht sollte man besser schnurzegal sagen. dann kennen sich auch die aus, denen ohnehin alles schnurz ist. schnurzegal, meinst du? natürlich, schnurzegal. oder habe ich nur schnurz gesagt? ja, du hast nur schnurz gesagt. und das ist zu kurz. darüber sind wir uns doch einig. wenigstens das.

nachgerade, sagte der pensionierte sprachforscher, und fixierte
sein gegenüber mit einem leicht astigmatischen blick, nachgerade ist nachgerade eine semantische fehlleistung unserer
grandiosen sprache. er sagte noch einmal nachgerade und
kehrte seinen blick nach innen. minderen wortarten, und damit verriet er sich auch als einigermaßen rassenkundig, minderen wortarten sollten keine kopulationen gestattet werden.
sie sehen ja das ergebnis. das semantische feld wird nur zu einem viertel genutzt, keine kontraposition, sie verstehen mich,
funktioniert. ich sage ihnen, damit sie mir folgen können, die
beispiele: wenn man die geniale schöpfungskraft unserer ge-
liebten sprache ausschöpfen würde, müsste es ein vorgerade
geben, und, in einem semantischen kreuzstich, ein vorkrumm,
besser ein vorgebogen oder? richtig, auch ein nachkrumm oder
nachverbogen. ich plädiere schon lange, wir leben schließlich
im einundzwanzigsten jahrhundert, für eine ökonomische rei-
nigung unserer sprache oder eine radikale erweiterung: vorgerade wäre zu bedenken, da nachgerade ein bedürfnis besteht,
vorgebogenes zu legalisieren, was nachgerade von großem
kommunikativem nutzen sein könnte.

in schleswig-holstein

in schleswig-holstein sind die bahnsteige zu kurz oder die züge zu lang. da aber die züge nur sieben bis neun waggons führen, liegt das problem doch bei den bahnsteigen. der schaffner macht vor jeder haltestelle eine durchsage, man möge zum aussteigen die mittleren waggons benützen, man verlässt also rechtzeitig die hinteren und vorderen wägen. diese mitteilungen sind bei jedem stop nötig. das bringt keine geringe unruhe in das sonst so ruhige land mit den gelben rapsfeldern und dem endlosen horizont der ostsee. man müsste also, um das land wieder ins gleichgewicht zu bringen, nur die bahnsteige verlängern. das kostet natürlich geld. da sind schon die kleinen durchsagezuschläge für das fahrpersonal günstiger. diese durchsagen sind übrigens tag und nacht und auch an sonn- und feiertagen nötig. die warnung durch den schaffner gilt auch für ihn selbst. es ist schon vorgekommen, dass er nach der durchsage einen tritt ins leere machte. zum gaudium der nicht übertrieben lustigen fahrgäste. und zum schaden des deutschen eisenbahnwesens.

pathos und ironie

das pathos saß mit weißem bart und weinerlichem gesicht, mit borsalino, bekleckerter seidenweste und offenem hosentürl am oberen ende der festtafel. eine gestalt des jammers und der trübsal. und, wienerisch gesagt, voll in der fettn. da sich niemand gern zu einem alten gebrochenen mann setzt, blieb daneben ein platz frei. die nicht minder alte, aber leichtfüßige ironie kam erwartungsgemäß zu spät und hatte keine andere wahl, als sich neben das pathos zu setzen. das gespräch kam nur langsam in gang. das pathos beschwerte sich über die schlechten zeiten, in denen nichts mehr ernst genommen werde, schon gar nicht die hohe, die wirklich hohe kunst. damit meinte natürlich das pathos sich selbst, seine grandiosen leistungen in großen zeiten. manchmal beneide ich dich, sagte das pathos zur ironie, um deine distanz zu menschen und dingen, ja zu dir selbst. das pathos begann zu weinen und flüsterte ganz ohne pathos der ironie ins ohr: ich verzweifle an mir selbst. wenn du heute den mund aufmachst, liebe schwester, vermuten die menschen hinter deinen albernen bosheiten eine botschaft, wenn nicht gar abgründiges. rede ich, erwarten sie nur falsches, als wenn es nicht das echte pathos gäbe. die ironie begann das pathos ehrlich zu bedauern. man sollte auswandern, sagte das pathos. es gibt noch ein paar länder, die mich verehren, ja meiner bedürfen. aber, wer zum teufel, will heute noch in einem solchen land leben?

valentiniade

guten morgen, herr nachbar. grüß sie. alles in ordnung? alles
in ordnung. was haben sie da für einen hund? welchen hund?
na, den. und beißkorb hat er auch keinen. ich seh weder einen
hund noch einen hund ohne beißkorb. wolln's mich pflanzen?
noch dazu einen schwarzen kampfhund. sie spinnen ja. nein,
ich mach keinen gschpass: gebn's den hund weg. ich habe keinen hund, und keinen kann ich nicht weggeben. ich will auch
nicht, dass sie keinen weggeben. das ist doch ein zitat. welches
zitat. na, das von karl valentin. von karl valentin? das heißt
doch: gebn's den hund naus. sie, sie nachbar sie. jetzt sehn's
an hund, der nicht da ist, einen beißkorb, den's nicht gibt, und
zitiern tun's auch falsch. gehn's mir aus dem weg.

aufforderung

herr weißkopf, jetzt sind sie schon bald achtzig und albern
immer noch so durch die welt. reißen sie sich doch etwas zusammen, soweit man etwas im positiven sinne zusammen-
reißen kann. denken sie immer an etwas ernsthaftes, an etwas
höheres oder trauriges. denken sie an die not in der welt, an die
hungernden menschen, oder so was erbauendes, es gibt doch
genug, an dem man sich aufrichten kann. das kann doch nicht
so schwer sein, bei ihrer intelligenz. ihr zynismus ist albern.
und albern kommt von albern. lesen sie goethe. oder so was.
etwas ernsthaftes, oder so. schauen sie sich etwas um. es gibt
genug elend um sie herum. lesen sie zeitungen. drehen sie die
frühnachrichten auf. sehen sie fern. dann vergeht ihnen das albern schon. sie haben doch schon ein hohes alter. da könnten
sie doch in irgend einer weise weiser werden. und sie albern
immer noch so blödes zeug. reißen sie sich etwas am riemen.
sie haben keinen? hosenträger? hosenträger helfen nicht. da
kann ich ihnen ausnahmsweise wirklich einmal nicht widersprechen. jedenfalls ihre albernheit ist und bleibt albern. sagen
sie jetzt nicht, dass sie aus albern stammen? ein schlechterer
witz könnte ihnen nicht einfallen.

schutt

man muss doch einsehen, dass man nicht alles aufdecken kann. wo kämen wir da hin, wenn wir alles aufdecken wollten. was würden da unsere nachbarn sagen, ja, was würde da die welt von uns denken? bestimmte dinge passieren bei uns einfach nicht. basta. eine räumungsaktion, okay. den schutt muss man schon wegräumen. wir leben doch in keinem saustall. sauberkeit hat oberste priorität. die unteren prioritäten vergisst man sowieso. wer könnte sich denn das alles merken. was weggeräumt wurde, ist weg. was man nicht sieht, vergisst man. standorte müssen einfach sauber sein. wo kämen wir hin, wenn wir unsere standorte versauen würden. standpunkte, von mir aus, die sind ohnehin suspekt. aber standorte? da sind wir heikel. wo es stinkt, da lässt sich keiner nieder. sie doch auch nicht? na, also. und wo es ausschüsse gibt, da stinkts. oder nicht? uns kommt kein ausschuss mehr ins land. wir produzieren ohnehin nur erste ware. keinen ausschuss. nicht zufällig ist dieses wort so zweideutig. war mir immer schon zuwider.

frage

gestatten sie eine frage? ja, bitte. sind sie nasenbohrer? warum? ja, weil menschen, die bedeutende platitüden verkünden, meist nasenbohrer sind. was verstehen sie unter platitüden? ja, etwa zu behaupten, dass menschen, die platitüden verkünden, meist nasenbohrer sind. erlauben sie eine gegenfrage? ja, bitte. sind sie nasenbohrer?

schwachsinn

können sie ihren schwachsinn nicht woanders verkünden? was heißt woanders? was heißt verkünden? was heißt schwachsinn? ich habe doch kein wort gesagt. eben. aber gedacht haben sies. und das genügt.

druckfehler

duckfehler können schmerzhafte folgen haben, wenn man sich dabei eine beule an der stirn oder am hinterkopf holt. wenn es sich aber um einen druckfehler handelt, ist ein duckfehler nur ärgerlich. oft ergeben schon keine veränderungen einen ganz anderen sinn. und der druckfehlerteufel macht gewöhnlich kleine ferien. da muss man dann lange nachdenken, bis man den richtigen sinn errät. man kann aber daraus ein spiel machen, ein richtiges rätselraten. in besseren büchern kommen druckfehler selten vor oder nur an gnaz erlesenen stellen, da muss man oft lange strecken lesen, bis man einen antrifft, und daun kommt er meistens ganz unverhoft. was ist aber, wenn es sich einfach um einen schreibfelder handelt? schließlich gibt es heute keine sitzer mehr, die jeden fehler oder fast jeden gnadenlos ausmerzen. die autoren liefern die manuskripte digital, gebildet, wie sie sind. und welcher autor ist nach so vielen reformen noch sattelfest in der rechtschreibung? dann noch die tüchtigkeitsfehler, ich danke. ich mache schluss, man soll nicht noch öl in den ausguss gießen.

ignoranz und betroffenheit

auf einem der seltenen familienfeste wollte die ignoranz der betroffenheit ausweichen, aber eine teuflische sitzordnung setzte sie nebeneinander. die betroffenheit, allzeit bereit für positive kontakte und gespräche, zeigte sich tief betroffen von den ereignissen in der großen welt. das alles gehe weit über ihre kräfte, und sie wisse kaum mehr, wie man an all dem teilnehmen könne, noch dazu, wo es praktisch unmöglich sei, nur irgend etwas dafür oder besser dagegen zu tun. die ignoranz, die kaum zugehört hatte, aber dann doch einen moment lang den kopf drehte und das ohr zur betroffenheit neigte, sagte kühl, wenn nicht gar mit einem hauch von zynismus auf den lippen: na, liebe base, stell dir vor, das alles muss ich ignorieren. ich weiß gar nicht, wie gerade ich dazukomme, diesen ständigen stress auszuhalten. dir geht es gut, du bist betroffen und kannst hoffen, dass dir jemand zuhört, der vielleicht noch betroffener ist und kannst das alles auf diese weise auf die mitmenschen, auf die umgebung abladen. ich fresse das in mich hinein und werde dafür noch scheel angeschaut. kannst du verstehen, liebe base, dass ich dich manchmal beneide, wenn nicht hasse. die betroffenheit war davon so betroffen, dass sie im selben moment der tischgesellschaft den vorschlag machte, man müsse etwas für die arme ignoranz tun, man müsse ihr unbedingt zur seite stehen. das machte wiederum die ignoranz so betroffen, dass sie nicht einmal mehr ihr gesicht wahren konnte und heulend das familienfest verließ. die betroffenheit indessen, und das hatte niemand erwartet, ignorierte den vorfall, indem sie sich schmunzelnd dem dessert zuwandte.

einen recht schönen guten abend aus wien. das wird vermutlich meine letzte ansage, sagte der moderator. es wird ihnen schon lange aufgefallen sein, dass unsere berichterstatter von den schauplätzen live berichten und uns mit brustton verkünden, dass am schauplatz absolut nichts zu sehen sei, dass auch alle anderen informationen ausgefallen oder nicht angekommen sind, so dass eigentlich sie, im studio, verehrter kollege, verehrte kollegin, vermutlich mehr wissen als ich hier, verortet am tatort. das war aber nur ein vorspiel. inzwischen ist es eine allseits bekannte tatsache, dass auch die überspielten livebilder entweder konserven von anderen schauplätzen oder, wenn von den echten, dann so verstümmelt oder gefälscht sind, dass in jedem fall die information null ist oder sich überhaupt im minusbereich, also im malus eines unverschämten anspruchs befinden. der sprecher schluckte sichtlich betroffen, er hätte keine chance mehr, fiktives und wahrgenommenes zu unterscheiden, von wahr oder falsch könne sowieso schon lange keine rede mehr sein. an dieser stelle kam ein stromausfall, ein sicheres zeichen, dass das system noch funktionierte; der moderator war in einer technischen panne verschwunden. es blitzte aber einen moment lang ein bild auf, und man sah, vielleicht ein fünfundzwanzigstel einer sekunde lang, wie der moderator von zwei polizisten abgeführt wurde. die panne der bildregie schien einen augenblick pure wirklichkeit zu vermitteln, und war, wie man annehmen konnte, nur einem kleinen technischen unfall zu verdanken. ausgerechnet dieser schluss war zu voreilig. später hatte sich herausgestellt, dass gerade diese einblendung von wirklichkeit eine raffinierte täuschung war, was den sachverhalt nicht vereinfacht.

58

schlitzohr

schlitzohr, sagte er zu mir. wissen sie, was das bedeutet? sie
kennen sicher kein schlitzohr. wenn es das gäbe, wäre es eine
missgeburt, ein ohr mit schlitz, oder ein geschlitztes ohr. da
müsste man schon den doktor katzenberger konsultieren.
schauen sie doch einfach in den spiegel! das mache ich doch
schon jahrzehnte, keine spur von einem schlitzohr. dann sagte
er noch ausgekochtes schlitzohr. ausgekocht? da soll man an
der sinnhaftigkeit unserer edlen sprache nicht zweifeln. wie
soll man ein schlitzohr, falls es dies überhaupt gäbe, noch
auskochen. abgesehen davon, dass man es zu diesem zwecke
vom objekt trennen müsste, wobei sich herausstellte, dass es
gar nicht um das ohr, sondern um den träger eines schlitzohrs
geht, also um eine veritable verwechslung. so ein aufwand, nur
um jemanden mit einer metaphorischen missgeburt zu belei-
digen. da mache ich nicht mit. gegen die schlitzohrigkeit ist
offenbar unsere sprache wehrlos. chancenlos. die schlitzohrigkeit liegt wohl in der sprache an sich.

stehvermögen

erraten. er hatte zwar kein vermögen, aber ein enormes stehvermögen. hätte er ein vermögen, sähe es vermutlich mit seinem stehvermögen anders aus.

perspektivenwechsel

hackler: ich bin im wohlverdienten ruhestand.
spekulant: und ich im in ruh' verdienten wohlstand.

was hilft

was hilft ein »mir-gehört-die-welt-schritt« und ein »du-bist-
ein-trottel-blick«, wenn dir ein kerl mit einem »i-ram-di-weg-
gschau« den weg verstellt.

springender punkt

wissen sie, sagte er mit nasalem ton, der springende hund ist
eigentlich ein ganz anderer. das heißt nicht springender hund,
sondern springender punkt. aber ein punkt kann doch nicht
springen, mein hund aber schon. darum sage ich, der springende hund. aber das ist falsch. das ist eben der springende
punkt, dass man nicht springender hund sagen kann. jeder
hund kann springen, das ist nichts besonderes, aber ein punkt,
das ist eben nur im hirn, nur in der sprache möglich. und das
ist der springende punkt, dass der springende punkt nur ein
sprachliches phänomen ist. ein blöder hund würde auf so etwas gar nicht kommen, einen punkt springen zu lassen, da
springt der hund lieber selbst. aber damit ist gar nichts getan,
denn der springende hund ist eine banalität, sprachlich eine
platitüde. der witz liegt eben darin, dass ein punkt nicht springen kann. und nur dadurch ist es möglich, von einem springen-
den punkt überhaupt zu reden. das ist genau der springende
punkt, dass alle idioten behaupten, ein punkt kann doch nicht
springen. übrigens, es gibt leute, die alles auf den punkt bringen wollen, und denen gönne ichs, wenn sie einen springen-
den punkt erwischen.

kruzitürken

der mond – halb – steht am abendländischen firmament. er spendet den gipfelkreuzen ein mildes licht – gespiegelt im auge eines tiefschwarzen heimatlichen bergsees. das ist harmonie, sagt ein ahnungsloser fremder bei freunden. eine schande, keift der wirt in der joppe, der weiß, worums geht. das bild ist nicht vollendet. das licht fällt auch auf die zwiebel des kirchturms im dorf. eine erinnerung an die alten türken, denen wir diesen bajuwarischen heimatstil verdanken. beim kirchenwirt spielt eine blasmusik. kruzitürken, auch dieses blech haben uns die janitscharen verpasst. der hauptmann des landes sitzt mit seinen gerechten im türkischen dampfbad. er räsoniert, dass die schwäbischen gäste noch immer ihren kaffe verlangen und keinen türkischen kennen. großer beifall. endlich hat er einmal recht. ein abwehrkämpfer dritten grades erlaubt sich an kipferl und brezeln zu erinnern. er wird an die luft gesetzt. von den kopftüchern, freunde, reden wir später. die mondsichel steht noch höher am heimatlichen firmament.

gerücht

in einem dorf an der slowenischen grenze geht das furchtbare gerücht um, dass die kärntner kasnudel aus der türkei eingeschleppt wurde. noch schlimmere vermutungen gehen dahin, dass die kasnudel aus zentralasien über die seidenstraße nach mitteleuropa eingesickert sei, was allerdings für die zarte, weiche nudel als bewundernswerte leistung anerkannt werden muss. jedenfalls ist das verständliche bedürfnis erwacht, dieses dubiose gerücht durch eine hochkarätige historikerkommission überprüfen zu lassen. aus sicherheitsgründen hat ein anderes heimatgebundenes gremium bereits vorschläge für eine neue kärntner nationalspeise gemacht, wobei man sich auf das eisbein einigte, was allerdings von der wörtherseegesellschaft wenig goutiert wird. außerdem ist zum unpassendsten zeitpunkt durchgesickert, dass das zweite standbein der kärntner identität, der reindling, schon im dritten reich keinen lupenreinen ahnennachweis vorlegen konnte. na, das ortstafelthema könnts euch jetzt in die haar schmieren, meinte dazu ein prominenter medientheoretiker aus ferlach.

fallbeispiel

es handelt sich um das einfache fallbeispiel, allgemein ausgedrückt, um das gemeine fallbeispiel. das objekt der beobach-
tung geht federnden trittes – im einklang mit dem ort, dem wet-
ter, der zeit und mit sich selbst – mit großen schritten vorwärts.
schreiten ist, nicht das gemeine gehen, eine besondere form
des wohlbefindens, schreiten ist das einverständnis mit der
welt. und dann passierts: der rechte fuß, im schwunge etwas
locker aufgesetzt, tritt auf einen glatten oder nassen fleck, einen glitschigen gegenstand, dessen genauere beschreibung einen roman auslösen könnte. das gewicht des körpers verlagert
sich auf den unbeachteten punkt gewähnter festigkeit, es, das
körpergewicht, kommt ins gleiten, aus dem schreiten wird ein
schweben, eben, und das ist es. die beine reißen aus, fliegen
weg, erscheinen im gesichtsfeld, wie dem pferd im galopp. die
vor allem im winter gefürchtete rückenlage, ungeschranzt,
lässt den schweren körper auf den boden plumpsen. die folgen
zu beschreiben könnte eine trilogie einleiten. doch ein gemeines fallbeispiel ist dafür sicher nicht geeignet.

seicht

seicht, seichte, das seichte, die seichte. die seichte an sich. das seichte an sich. das seichte in uns. das leicht seichte, das seicht leichte. das seichte ist sicher nicht das leichte und das leichte nicht das seichte. seichte hat etwas mit tiefe zu tun. die seichte tiefe. oder die tiefe seichte? hier wirds kompliziert. je seichter die tiefe, um so tiefer die seichte. die seichte als tiefe. und, wie gewohnt, die tiefe als seichte. die tiefe seichte ist mir lieber als die seichte tiefe. warum nicht gleich: das seichte als tiefe. die politik wird aufatmen. die wissenschaft wird aufatmen. die kunst wird aufatmen. die literatur wird lächeln. der markt weiß es schon lange. warum nicht gleich. seicht hat so was leicht moralisierendes, tief so was schwer bedeutendes. oh mensch … aber man muss doch zugeben, im tiefen schwimmt man leichter. ja, aber im seichten ertrinkt man seltener.

fliegen haben kurze beine. wer schlafen will, muss müde sein.
wer das nockerl nicht ehrt, ist den knödel nicht wert. der bub
geht so lang zum brunnen, bis ern sicht. wer andern eine grube
gräbt, ist selbst ein schwein. der weisheit letzter zahn. wie man
betet, so lügt man. abends feste, morgens reste. die axt vom
dach ersetzt den ziegelstein. durch diese hohle phrase muss er
kommen. dummheit und stolz, sind nicht aus holz. des einen
freud, des andern adler. ein ort zur rechten zeit, macht immer
bereit. heule mit beule. wo es stinkt, da lass dich ruhig nieder,
gute menschen haben keinen flieder. wer rutschen will, muss
ölig sein. einen kalauer in ehren, kann niemand verwehren.
der schwabe lässt das hausen nicht. wer fastet, der kostet. liebe
geht durch den wagen. man kann auch zweimal in den selben
bus steigen. wer zagt, zahlt die zeche. reden ist schiller, schweigen sicher nicht goethe. lieber den schatz in der hand, als die
tante auf dem dach. wir sind besoffen, und alle flaschen offen.
hüte dich vor den bereicherten.

querschnittsmaterie

nachdem die nachhaltigkeit der nachhaltigkeit von kurzer dauer war, haben vermittlungsdesigner die keule querschnittsmaterie erfunden. politiker bekommen glänzende augen, wenn sie das wort fehlerfrei aussprechen können. querschnittsmaterie – das kann man auf der zunge zergehen lassen. quer hat würze, ist signal für risiko und eloquenz, schnitt verweist auf präzision und härte, beschäftigt schnittstellensucher, und schließlich die krönung – materie: mythos für kompetenz und gestaltung. gut herzunehmen auch für die verschleierung von pfusch, schlampereien und schlamassel jeder art. querschnittsmaterie ist sprechblasentauglich, signalisiert ressortübergreifenden einblick, vertuscht aber durchblick und überblick. gut geeignet als öl für umwertungen ewiger werte. wer das wort querschnittsmaterie benützt, erreicht höhere weihen von unantastbarkeit, unwiderlegbarkeit, wird in den stand intellektueller immunität erhoben. die querschnittsmaterie ist der leberkäs, nein der presskopf unter den anthropomorphen materien, leibspeis von gremien, beiräten, kommissionen und ausschüssen. mit querschnittsmaterie könnens mir nicht imponieren, sagt mein metzger, die liegt bei mir schon generationen in der auslag.

anleitung

um unsere durchsagen »ausstieg rechts« und »ausstieg links«
zu ihrer zufriedenheit richtig verwerten zu können, bitten wir
sie folgendes zu berücksichtigen:

1) stellen sie die fahrtrichtung erst während der fahrt des zuges fest, weil dies bei stillstand viel schwieriger ist.

2) setzen oder stellen sie sich möglichst in die fahrtrichtung,
dann stimmt unsere durchsage hundertprozentig.

3) sitzen oder stehen sie mit dem rücken zur fahrtrichtung,
gilt das gegenteil der durchsage, also links ist rechts und rechts
ist links.

4) sollten sie einmal mit dem rücken zu einer wand unserer
waggons stehen, so wird der sachverhalt zu unserem leidwe-
sen etwas komplizierter.

4,1) geht die fahrt nach links und stehen sie an einer linken
waggonwand, so ist rechts vor ihnen, links in ihrem rücken.

4,2) geht die fahrt nach rechts und stehen sie an einer rechten
waggonwand, ist rechts hinten, und links vorne.

5) sind die sachverhalte umgekehrt, gilt das gegenteil.

6) sollten sie nach einer unserer durchsagen schwindelge-
fühle bekommen, so wenden sie sich an unser personal in den
stationen, sie werden jederzeit freundlich aufgeklärt.

7) im notfall können sie auch aus dem fenster schauen, der
ausstieg ist immer auf der seite des bahnsteigs.

begegnung …

ich treffe mich immer seltener. und wenn, dann zufällig. ja, zufällig. gestern bin ich mir (eben zufällig) wieder begegnet. bist du alt geworden, dachte ich mir, aber ich habe es nicht ausgesprochen. man muss ja nicht gegen sich selbst unhöflich sein. und zu sagen haben wir uns auch nichts mehr. oder immer das gleiche. das interessiert weder mich noch mich. wie gehts? welch blöde frage. es gibt eben leute, denen hat man nichts mehr zu sagen. die haben einem nichts mehr zu sagen. so ist es. das gibt es. genau so ist es. ich bin froh, wenn ich mich nicht mehr treffe.

… oder

ich klebe an mir. ich kann nicht allein sein. was ich auch mache, ich schaue mir zu. gehe ich aus, bin ich dabei. esse ich zu viel, mache ich mir vorwürfe. was geht das mich an? red ich blödsinn, falle ich mir ins wort. diese hausgemachte besserwisserei. ich bin nie allein. wie soll man das aushalten. das spiegelbild ist auch keine abwechslung. aber es ist wenigstens seitenverkehrt. auch kein trost.

urlaub

ich saß in einem abteil zweiter klasse – für eine so dürftige geschichte wäre die erste ein stilbruch – und schaute, wie immer, beim fenster hinaus. eine vorbeiziehende landschaft ist ein grund, die gedanken schweifen zu lassen. plötzlich – auch das eine schlechte wortwahl –, also unerwartet sah ich meinen kopf wie einen ballon beim fenster hinausschweben. vorsicht, das nimmt dir niemand ab, denn wenn dein kopf beim fenster hinausschwebt, kannst du ihn nicht mehr sehen. ich weiß schon, dass, nach der logik der ereignisse, mein kopf hätte den rumpf sehen müssen, aber die verbindung kopf-rumpf blieb ja, wie auch immer, intakt. ich sah also meinen neugierigen kopf vorm fenster, allerdings konnte er mit der geschwindigkeit des zuges nicht mithalten und verschwand nach hinten aus dem blickfeld. aus meinem, denn die augen nahmen ja nicht nur seine, sondern auch meine position wahr. bei der nächsten station schwebte der kopf, schweißtriefend, wieder von hinten ans fenster heran, mit der coolen bemerkung, ein kopf sollte bei solchen ausflügen zumindest die arme mitnehmen, denn er hätte sich nirgends festhalten können, und es sei ein wunder, dass er, die wirbel des fahrtwindes nutzend, nachkommen konnte. und was soll das ganze, fragte ich geschrumpft? ich habe nur ein wenig urlaub gemacht, sagte der kopf. du hast keine ahnung, wie schön das ohne rumpf ist. wenn du wüsstest, wie schön das erst ohne kopf ist, dachte ich mir.

ärgerlich

der metzgermeister striezel und der bäckermeister würstl begegnen sich in der wollzeile. nicht sich, denn sich kann man
nur sehr selten begegnen, sondern einander. das ist doch ärgerlich, sagt der eine, ja, ärgerlich. was findest du ärgerlich? na,
wir treffen uns schon seit zwanzig jahren zufällig in der wollzeile, und heute schreibt das einer auf. und findet das noch lustig. aber noch ärgerlicher ist, dass es leute gibt, sogenannte
leser, die das auch lustig finden. dagegen bist du machtlos. das
ist sicher noch ärgerlicher, wenns da überhaupt eine steige-
rung gibt. dabei heiße ich gar nicht striezel, sondern strudl. ja,
glaubst du, dass ich würstl heiß? in wien kann man sich dreißig jahre begegnen, herzhaft umarmen, ohne zu wissen, wie
man heißt. na, deinen namen wirst du doch wissen. ich meine,
wie der andere heißt. die andere. noch ärger. das ist traurig,
aber wahr. übrigens, wie heißt du? augsburger. ah, augsburger,
das ist aber von würstl nicht weit entfernt. aber von frankfurt
schon.

verein für gnadenloses binnen-i

im »verein für gnadenloses binnen-i« ist die hölle los. ein mitglied hat die frage aufgeworfen, was die philosophinnen kant, schopenhauer und nietzsche zum binnen-i gesagt hätten. sie hätten gelacht, sagte ein vorlautes mitglied, dem dieser sager wie ein furz entschlüpfte, worauf er aus dem vorstand ausgeschlossen wurde. und ein wackeres mitglied (ein neutrum also) wagte den gedanken, wenn ein mann eine bestie, eine biene, ja eine sau sein kann, wieso dann eine frau nicht mechaniker, tischler, rauchfangkehrer oder architekt sein dürfte. um einen tumult (eine tumultin) zu verhindern, schloss die obmännin die sitzung. diskutieren wir doch lieber zuerst über sachen und gegenstände, bevor wir uns in das heikle anthropologische schlamassel stürzen. dass ein koffer oder armleuchter männlichen geschlechts ist, liegt wohl auf der hand, aber wieso ist es der schrank, wenn er doch wie die truhe das »weibliche prinzip« des bergens verkörpert? das klavier, das häferl, das fenster, das klo, das automobil können wir als vorbildliche weil neutrale gegenstände akzeptieren. aber was machen wir mit dem hut, dem hammer, dem sack? und wenn wir schon auf dem binnen-i bestehen, worüber ja die diskussionen abgeschlossen sind, wecken wir uns dann nicht viele hunde bei den männern, die, einmal frustriert, das binnen-r urgieren werden? hier müssen wir dann zur klammer greifen, gott sei dank – die klammer. also bestie(r), sau(er) oder schublade(r), nicht zu verwechseln mit schuhblattler. wir sollten die sitzung vertagen, meinte die obfrau, ich fahre ohnehin morgen nach darmstadt, da werde ich mir ezzes holen …

tautologisches

schweigen sie, schwätzer. sagen sie nicht schwätzer zu mir, ich
heiße schwatzer. wie kann ein schwätzer schwatzer heißen?
das ist ein tautologischer unfall, wenn nicht eine tautologische
schweinerei. eine tautologische schweinerei? ich kenne einen
großen schweiger, der schweiger heißt. schweiger? na, den
hört man wenigstens nicht. aber eine schweinerei ist es trotzdem. eine tautologische. da ist mir schon ein schweigender
schwätzer lieber, obwohl man nicht weiß, wie der zu seinem
namen kommt. von einem schwätzenden schweiger wollen sie
offenbar gar nichts wissen? ein horror, ein schweiger der unentwegt schwatzt. meinen sie nun schwatzen oder schwätzen?
das ist doch das selbe. haben sie eine ahnung. ein schwätzer
kann ihnen schwer etwas aufschwatzen, aber ein schwatzer
schon. aufschwätzen geht ja gar nicht. also gibt es doch einen
unterschied zwischen schwatzen und schwätzen. aber keinen
so großen wie zwischen schwatzen und schweigen. gar nicht
zu reden von schwätzen und schweigen. stimmt. endlich. ich
dachte schon, sie seien ein schwätzer, der unentwegt schwatzt.
ich meine schwätzt. das überlasse ich jetzt ihnen. sie sind doch
so ein tautologisches trüffelschwein. von tautologie allerdings
haben sie keine ahnung. wie wollen sie da schwatzen und
schwätzen unterscheiden herr schwätzer, ah schwatzer.

karpfen und krapfen

wir müssen was unternehmen, sagte der karpfen zum krapfen. oder war es der krapfen zum karpf? es ist ansich egal, aber daraus hätte ein prioritätsstreit entstehen können, wenn nicht beide so gute freunde gewesen wären und egon friedell gelesen hätten. es ist doch ein schöner zufall oder gar ein göttlicher plan, dass durch das vertauschen zweier buchstaben zwei so unterschiedliche charaktere entstehen konnten. aber was hast du gemeint, sagte der krapfen. was, fragte der karpfen etwas verhuscht, der in seinen gedanken schon bei weihnachten war. na, dass wir etwas miteinander machen sollten. schließlich kommt jetzt für uns die schlimmste zeit des jahres, in der wir reihenweise hingeschlachtet und von den christlichen barbaren aufgefressen werden. mich nennen sie wenigstens weihnachtskarpfen, meinte stolz der karpf, was nicht gerade für seine intelligenz sprach. ja, mich haben sie schon vor längerer zeit zum faschingskrapfen ernannt, aber das können sie sich in die haar schmieren, ich falle auf solche winkelzüge nicht mehr rein. schließlich liege ich das ganze jahr in vitrinen von kaffeehäusern oder in den auslagen der konditoreien. und ich bin ohne unterbrechung auf den speisekarten der wirtshäuser. du hast recht, wir sollten was unternehmen. vielleicht nach den feiertagen. also, fröhliche weihnachten. ja, einen schönen fasching.

bist du ein echtes schwein, ein glücksschwein oder gar ein neujahrsschwein? wie soll ich das wissen? na, bist du aus scho-
kolade, plastik, marzipan, glas oder aus ordinärem schwei-
nefleisch? hast du augen oder bist du blind. hast du eine
nase? Danke, dass du nase sagst und nicht rüssel. übrigens:
schweinsäugerl, schweinsohren und sauschädeln haben nur
menschen. glücksschweine zum beispiel haben zwar, um beim
thema zu bleiben, einen riecher, sind aber blind. sollten einen
haben, sollten, bitte. meine erfahrung ist eine andere. glücksschwein oder neujahrsschwein ist keine materialfrage. das ist
ausschließlich eine zeitfrage. bist du in diesem jahr geboren,
hast du die chance, ein gemeines glücksschwein oder gar ein
neujahrsschwein zu werden. bist du älter, hast du sie verpasst.
warum? na, schau dir das vergangene jahr an. ich möchte dafür nicht verantwortlich sein, als neujahrsschwein schon gar
nicht. schau dir diese armen schweine an. lauter versager.
apropos, versager: was hältst du vom großen sauschädelessen
der wiener gesellschaft? infam. und ein großes paradoxon dazu. was heißt paradoxon? die wirklichen sauschädeln, also die
falschen, also die echten, fressen die echten, also die falschen
sauschädeln. so? würden die echten sauschädeln die wirklichen fressen, müssten sie doch in der besseren gesellschaft
weniger werden? das ist doch gar nicht so paradox. aber das
hast du gesagt. ich bin nur aus plastik.

wieso ist »der« busen männlich und »die« brust weiblich, obwohl die männer auch eine brust haben, aber keinen busen? kommen sie mir jetzt nicht mit sigmund freud. man sollte einfach keine dilettanten über die sprache nachdenken lassen, sagte die sprachwissenschaftlerin mit vollbart und glatze. sie werden dann auch noch fragen, wieso die rotzglocke weiblich, der rotz aber männlich ist. wir können ruhig weitermachen, sie saukerl, die hüfte weiblich, der steiß männlich, bauch und nabel männlich, die nase weiblich. obwohl männer sie überall hineinstecken. wenigstens gibt es ein paar neutrale zonen am kopf: das auge, das ohr, das kinn. die wange, die stirn, da herrscht schon wieder das weibliche vor, obwohl herrschen doch von herr kommt. mit welchem grund? wenigstens »der« haaransatz ist männlich. können sie mir aber erklären, wieso wiederum die glatze feminin ist? der kopf – das beruhigt, der hals, der mund. wunderbar. jetzt hören wir aber auf. sie geben ja keine ruh: der rücken, der arm. was wollen sie eigentlich, wir sind doch aus männlichen und weiblichen, verzeihung, aus weiblichen und männlichen elementen zusammengesetzt. das ist ein durcheinander. und warum haben auch männer brustwarzen? die brustwarze ist nur ein vorwand für den doppelreiher, erklärte ein mediziner namens schneider. aber merken sie sich, das hirn ist wenigstens neutral. gott sei dank, ein intelligentes design.

wirtschaftsflüchtlinge

kein wunder, dass die welt nur aus verbrechern besteht. alles wirtschaftsflüchtlinge. 250 000 burgenländer in chicago, nur wirtschaftsflüchtlinge. halb irland in der neuen welt. der ganze europäische ruß, das arbeitsscheue gesindel ist gott sei dank ausgewandert. die tiroler und die vorarlberger bergbauern verkauften ihre kinder in den allgäu, diese verbrecher, alles wirtschaftsflüchtlinge. von den sizilianern gar nicht zu reden. na, und die schwarzen? die ersaufen lieber, bevor sie daheim bleiben, diese faulenzer. sag mir jetzt nicht, dass halb wien einst von wirtschaftsflüchtlingen aufgebaut wurde, sag nicht, dass die slowakischen ammen unsere tüchtigen urgroßväter aufgepapperlt haben, sag nicht, dass wir die kultur, mit der wir protzen und nicht schlecht leben, auch den verlausten immigranten aus dem osten verdanken oder dass wir die zweihunderttausend tschechen und ziegelböhm gebraucht hätten, die seit jahrzehnten in den regierungen sitzen. wo'st hinschaust nur kriminelle, taugenichtse, arbeitsscheues gesindel. die sollen sich schleichen und ihre hütten herrichten, statt auf unseren baustellen herumzusandeln. zuerst kommens, um uns den arsch zu wischen, und dann wolln's dableim, dass sie sich vielleicht einmal von anderen den arsch wischen lassen können. so weit kommts noch.

hanswurst

ein hanswurst ist ein hans, dem alles wurst ist. das könnte eine erklärung für dieses merkwürdige wortgebilde sein, wobei hans eben den vorrang behält, solange es sich nicht um ein femininum handelt. die hanswurst gibt es aber solange nicht, bis ein fabrikant namens hans die »hanswurst« auf den markt wirft. bei dem hanswurst handelt es sich aber um eine (geniale?) fehlkonstruktion, denn der hanswurst müsste ja wursthans heißen. schließlich ist er keine wurst, sondern höchstens ein wurstel, also ein mann mit einem gewissen wurstanteil. bei der wurstsemmel ist der sachverhalt umgekehrt: hier hat die semmel die oberhand, was auch richtig ist, weil die wurst bei ihr in der minderheit bleibt. sie konnte in der langen geschichte der wurstsemmel nie die majorität erringen. über die beziehungen von hanswurst und wurstsemmel gibt es noch keine ernsthaften studien, weil immer noch die fleischerinnung über ein monopolartiges sagen verfügt und die bäckerinnung an der dominanz der semmel selbstverständlich interessiert bleibt. die wurstsemmel, und das ist ihr geheimnis, deckt also die interessen zweier gewerbe: mehr semmel macht genau so gewinn wie weniger wurst, vorausgesetzt, dass der preis stimmt. ein problem entsteht eigentlich erst dann, wenn dem hanswurst die wurstsemmel wurst ist.

befund

fraktal ist er in ordnung, hybrid ist er aber ein trottel.

manager

das fragmentierte unwissen oder perforierte wissen, halte ich auch für ein sehr interessantes, wenn nicht positives phänomen unserer neoliberalen gesellschaft. dafür bekommen sie eine gehaltserhöhung.

karl kraus

wissen sie, dass karl kraus karl hieß? karl? nein, der arme.

frage

mama, ist ein polizist, der minister wird, nicht auch ein wirtschaftsflüchtling?

stellen sie sich vor, mein nachbar hat jetzt ein kind in die welt gesetzt. er? stellen sie sich das vor. ich fragte ihn, ob er das überhaupt verantworten kann. gesetzt! ich versuchte ihm zu erklären, dass man neugeborene nicht setzen darf. setzen! abgesehen davon, sagte er fast drohend, dass man es immer schon so gemacht habe, in unserer sprache werden schon seit jahrhunderten kinder in die welt gesetzt. und sie hätten es alle (na ja, nicht gerade alle) überlebt. soll es vielleicht gelegt oder gestellt heißen. gelegt werden sie noch früh genug, meinte er grinsend, und stellen sollen sie sich gefälligst selbst. denken und machen sie, was sie wollen, sagte ich. mich widert dieses bedeutungsvolle gesetzt an, das muss ein schulmeister mit stehkragen erfunden haben, oder schon viel früher, so ein mit dem schwert fuchtelnder recke, der nur in gesetzten sätzen sprechen konnte. ein setzer wars sicher nicht, dafür lege ich meine hand ins feuer. betonung auf lege, bitte, nicht setze!

daham

wenn sie so dick san wie sie, solltens keinen rucksack tragen. schon gar nicht in der straßenbahn. sie wiegen ja mindestens drei zentner, dann noch ein zentner der rucksack, sie bringen ja zweihundert kilo auf die bahn. da müssen ja die wiener linien ein defizit einfahren. sie traun sich was. und dann stehens noch herum. niemand kann ein- und aussteigen. na ja, wenn sie sich setzen, machens ja noch die bank hin. und aufstehn könnens auch nimmer. der dicke hat sich gefasst, er fixiert gelassen den dünnen choleriker und öffnet langsam den mund: wenn sie so blöd san wie sie, solltens gar nicht den mund aufmachen. sie hirnschüsserl, sie ausgetrocknetes. ist ja auch kein wunder, wie sie ausschaun, sie heugeign, sie zwetschkenkrampus, sie banlkramer. wozu fahrn sie überhaupt mit der straßenbahn? so, wie sie ausschaun, tät ich mich nicht unter die leut traun, sie strich sie. sie können ihnen ja eh überall hin faxen lassen. der dünne, sehr zufrieden: aber was mach ich dann mit dem koffer?

koalitionsmodell

der bedeckte vordenker einer koalitionspartei – man weiß nicht genau von welcher seite – hat im innenministerium ein noch unter verschluss gehaltenes konzept für künftige koalitionen hinterlegt, das, nach allen durchgesickerten details, eine sensation verspricht: künftig sollen in koalitionsregierungen die minister der mehrheitspartei (natürlich geheim) der verliererpartei beitreten, so dass zunächst einmal für medial darstellbaren frieden gesorgt ist. das hätte auch den vorteil, dass der abgewählte bundeskanzler in ruhe weiterregieren könnte, ohne die rolle des amtlich regierenden in der öffentlichkeit zu stören. und sollte sich die mehrheitspartei in der regierungsarbeit nicht mehr wiedererkennen, was man voraussetzen kann, könnte man die regierungsmitglieder aus der eigenen partei offiziell ausschließen, was man im nächsten wahlkampf als großen reinigungsprozess verkaufen könnte, was aber de facto nichts ändern würde. auf diese art könnten in zukunft alle regierungen in ruhe arbeiten, arbeiten, arbeiten. die parteizugehörigkeit wäre künftig ohne belang, und es wären immer die tüchtigsten, schlauesten, kaltblütigsten und skrupellosesten am regieren. aber in diesem modell liegt doch ein hund begraben? ja sicher, um diese probleme müsste sich der jeweilige innenminister und sein beraterstab kümmern.

vollbeschäftigung

wie gehts dir, alter? du bist doch sicher schon in pension? ja,
aber ich bin noch präsident. präsident? wovon? ich bin präsident h.c., sozusagen präsident an sich. an sich? das musst du
mir erklären. kennst du nicht das neueste arbeitsbeschaffungs-
programm des neoliberalen ständestaats? jeder der, oder jede,
die nicht mehr gebraucht wird, ob selbst- oder fremdverschul-
det, wird mit einem diplom als präsident in den ruhestand geschickt. ein managementberaterteam von psychologen hat ein
neues modell entwickelt, das auf der erkenntnis beruht, dass
die altersarmut nicht an der höhe der renten, sozialhilfen etc.
etc. zu bewerten sei, sondern am prestigeverlust, an dem gefühl,
keine rolle mehr zu spielen, nicht mehr gebraucht zu werden.
und was ist des österreichers liebste rolle? na also. dazu sind
sogar frauen verführbar. jeder (jede) freigesetzt, in die arbeits-
lose, frühpension oder rente geschickte, wird zum präsidenten
ernannt. damit ist das problem vor allem psychotherapeutisch
mit einem schlag gelöst. der titel wird als pr., gleich dem eines
dr. geführt. und wie steht es mit den rund fünfhunderttausend
echten präsidenten unserer schönen heimat? na, die nennen
sich dann ppr. hc. das system bleibt für alle fälle nach oben
offen: pppr. hc. dr. hc. oder pr. dddr. hc. etc. etc.

lachgebot

wie man aus gewöhnlich verlässlicher quelle erfährt, soll im
orf probeweise ein lachgebot erlassen werden. ab nun ist es
moderatorinnen und moderatoren, interviewern und inter-
viewerinnen erlaubt, bei besonders niveaulosen oder offen-
sichtlich dummen antworten von interviewten voll und aus
dem bauch heraus laut zu lachen. auch in den diskussions-
sendungen, wenn etwa ein präpotenter straßenkehrer aus
graz zugeschaltet wird, und mit verkündigungspathos seine
unsäglichen platitüden in die runde kotzt, soll es erlaubt sein,
in ein langes, kollektives gelächter auszubrechen. ziel dieses
gebots ist es, wenn schon nicht das niveau solcher sendungen
gehoben werden kann, wenigstens diese nicht ins bodenlose
absinken zu lassen und schließlich um den nicht vorhandenen
informationsgehalt durch einen bescheidenen unterhaltungs-
wert zu ersetzen. nebenbei verspricht man sich auch einen ge-
sundheitlichen effekt für die mitarbeiterinnen und mitarbeiter
des orf, die zunehmend an nervösen mägen leiden. außerdem
könnte durch dieses gebot eine neue lachkultur entstehen,
eine eindrucksvolle skala, die bei den damen vom sanften, ver-
ständnislosen grinsen bis zum explosionsartigen herausplat-
zen eines homerischen gelächters reicht. bei den herren ist ein
unbändiges schenkelklopfen und schulterpatschen erlaubt.
diesen äußerungen sind aber grenzen gesetzt, weil für ein hem-
mungsloses sich auf dem boden wälzen erst der newsroom
umgebaut werden müsste.

überblick

der bergdoktor sagt: ja, schön ist es hier heroben. und der talarzt sagt: ja, schön ist es hier herunten. heroben, sagt der bergdoktor, hat man mehr überblick. das schon, sagt der talarzt,
aber zu viel überblick ist auch nicht gesund. weniger überblick,
sagt der bergdoktor, kann jedoch schaden. aber trotzdem, sagt
der talarzt, möchte ich nicht da oben leben. ja, wir müssen ja
auch nicht tauschen, sagt der bergdoktor. nein, tauschen müssen wir nicht, sagt der talarzt. höchstens urlaub könnte ich
einmal am berg machen. einmal urlaub im tal könnte ich mir
auch vorstellen, sagt der bergdoktor. ja, urlaub wäre vielleicht
eine gute idee. aber was mache ich im urlaub auf einem berg,
sagt der talarzt. diese frage verstehe ich nicht, sagt der bergdoktor, wo's doch so schön hier heroben ist. als bergdoktor
kannst du das leicht behaupten, sagte der talarzt, aber mit
meinem blick bist du oben verloren. verloren vielleicht schon.
aber dafür hast du mehr überblick, sagte der bergdoktor. na,
ja – überblick. aber wer braucht im urlaub schon überblick?
beim urlaub im tal wäre der vielleicht vonnöten. aber als talarzt hängt mir das tal ohnehin schon zum hals heraus. da ist es
noch besser, wenn dir ein paar berge zum hals heraushängen,
sagte der bergdoktor. das kannst du mir glauben. übrigens, den
überblick schenk ich dir.

sie wollen mich in ein gespräch verwickeln? ich? ja, sie. das sehe ich ihnen doch an. im gegenteil, ich wollte ihr provokantes gschau loswerden. sie fixieren einen ja richtig. deshalb habe ich mich umgedreht. ihr blöder hut mit der schildhahnfeder ist mir zwar zuwider, aber wurscht. ja, jedenfalls hat es ihnen nichts genutzt. ich bin nämlich hartnäckig. das ist doch der beweis, dass sie mich in ein gespräch verwickeln wollten. da haben wirs. nichts haben sie. sie waren mir von anfang an verdächtig, sie unsympathler. was ist schon verdacht. ein hirngespinst. aber das passt zu ihnen. verdächtigen auch noch. obwohl sie kein hirn haben, aber verdächtigen könnens. und dann noch fremde, unschuldige menschen in ein gespräch verwickeln. wollen. wollen, haben sie gesagt? müssen tuns ja nicht, sie querulant. das wär noch schöner. leider muss ich aussteigen. schade. der einstieg wäre mir gut gelungen. sie wären mir ganz schön auf den leim gegangen. ja, zeit müsste man haben. zeit. mir ist es aber trotzdem lieber, sie steigen aus. ja, schauns dass weiterkommen. hamur hams auch keinen.

erst jetzt wird bekannt, dass die firma x (name liegt der redaktion vor), kurz nach ihrer gründung den konkurs anmelden musste. sie hatte das intelligente produkt »sesselkleber« entwickelt, weltweit als patent angemeldet und einen eigenen vertrieb errichtet. während der verkauf des produktes in westlichen ländern gerade die selbstkosten deckte, war der absatz in österreich und in den sogenannten oststaaten praktisch null. obwohl die entwicklung des produktes eine wissenschaftliche glanzleistung war und für manche als nobelpreisverdächtig galt, konnte dafür kein interesse geweckt werden. soviel zu erfahren war, handelt es sich um einen klebstoff, der auf die haut aufgetragen wird, und der, ohne die kleidungsstücke zu kontaminieren, praktisch durch die hosen hindurch auf allen stoffen, besonders auf hirsch-, büffel- und schweinsleder wirkt. die substanz dringt sogar in die gesäßmuskulatur ein, so dass das sitzen ein unbeschreibliches glücksgefühl auslöst. wieso in österreich nur neun tuben verkauft wurden (in jedem bundesland eine zur probe), konnte im labor der hautabteilung im wiener akh geklärt werden, die gerade eine routineuntersuchung der parlamentssitze durchführte und dabei einen wirkstoff entdeckte, der offenbar von den österreichischen abgeordneten regelrecht ausgebrütet wird. ein einschleichdieb, in wirklichkeit ein werkspion der firma x, hatte sich widerrechtlich proben angeeignet. alles weitere ist bekannt. es gibt keinen bedarf in österreich und in den ehemaligen kronländern. der konkurs ist verständlich, gerechtfertigt und auch nicht zu bedauern.

kleine freuden

die größten freuden sind die kleinen freuden. so? ich wollte
dir gerade hundert euro schenken, aber damit du eine große
freude hast, bekommst du nur zehn. wieso nur zehn? na, damit
die freude größer wird. wieso kannst du bestimmen, was für
mich eine große freude ist? bei mir beginnen die kleinen freuden erst bei tausend euro. lassen wir das. wenn du mir einen
elefanten schenken würdest, so hätte ich eine kleine freude.
ein kanarienvogel wäre vielleicht eine große. das gilt auch für
wellensittiche: bei einem großen, alten, grantigen wellensit-
tich oder einem jungen, fröhlichen kleinen, da muss man doch
nicht fragen, was mehr freude macht? bei der wahl zwischen
einem substandard-kabinett mit klo am gang und einem pent-
house ist das schon wieder anders, es sei denn, man ist mul-
tikulti und hat gerne laute nachbarn. noch andere beispiele?
nein danke, es reicht. und was wolltest du mir damit sagen?
nichts anderes, als dass die sogenannten grundweisheiten der
menschheit meistens gar keine sind. so. und das war jetzt deine
grundweisheit? sicher, oder hast du was anderes erwartet?

mittleres alter

ein mann im mittleren alter war in früheren zeiten rund fünfzehn jahre alt. also noch gar kein mann. im frühen neunzehn-
ten jahrhundert konnte ein mann mit zwanzig so genannt werden. in meiner jugend war ein dreißigjähriger noch ein mann
mittleren alters. heute sind es die vierzigjährigen. und wenn es
so weiter geht, erlebe ich noch den fünfzigjährigen als mann
im mittleren alter. fazit: auf den mann im mittleren alter ist
kein verlass. und das mittlere alter mit vierzig muss ja angesichts dieser entwicklung in eine krise kommen. gut, dass ich
kein mann im mittleren alter mehr bin. zum schluss müsste
man sechzig werden, um ins mittlere alter zu kommen. und erraten kann man das mittlere alter schon lange nicht mehr. mich
wundert, dass man überhaupt noch über männer im mittleren
alter spricht.

die schweiz liegt auf schweizer boden. in der schweiz ist jeder quadratmeter schweiz. der schweizer boden ist unverrückbar. auf schweizer boden liegt das gewicht der alpen, und diese last ist immer noch nachhaltig. der schweizer boden reicht bis zum erdmittelpunkt, endet also bei null. die schweiz spitzt sich im erdmittelpunkt selbst auf null zu. reden wir nicht darüber, auch die schweiz hat ihre schwachpunkte. außerdem gehört der erdmittelpunkt allen nationen, also niemandem, weil null nicht teilbar ist. das haben sogar die schweizer banken bestätigt. außerdem ist der erdmittelpunkt nicht genau lokalisierbar, weil die erde keine kugel, sondern eher eine kartoffel mit warzen ist. man müsste den erdmittelpunkt etwas größer machen, dann wäre er aber kein punkt mehr. bisher hat noch niemand versucht, dort eine flagge zu hissen. sogar bush findet den erdmittelpunkt uninteressant, weil es dort auch im winter rund siebentausend grad celsius hat und daher wahrscheinlich kein öl vorhanden ist. bleibt noch die frage nach dem volumen zwischen staatsfläche und erdmittelpunkt. da die geometrische form weder als kegel noch als pyramide zu bezeichnen ist, sollte man vielleicht von keilen sprechen. dem widersprechen allerdings die erdvermesser. bei der schweiz wäre das staatsvolumen etwa eine dünne nadel, kaum der rede wert.

im grunde genommen

im grunde genommen ist im grunde genommen im grunde
genommen ein schwachsinn, ein rhetorischer ohrwurm, eine
pathetische floskel. was lässt sich schon im grunde nehmen?
abgesehen davon, dass es immer weniger gründe gibt, etwas
im grunde genommen ernst zu nehmen, ist mit im grunde genommen im grunde genommen gar nichts zu sagen. sicher, wer
im grunde genommen im grunde genommen gebraucht, erhebt
einen anspruch, den er im grunde genommen gar nicht zu er-
füllen vermag, weil eben im grunde genommen im grunde genommen uns im grunde genommen gar nichts mehr zu sagen
hat. man könnte also im grunde genommen mit dem gebrauch
von im grunde genommen im grunde genommen ruhig aufhören, weil damit im grunde genommen niemandem etwas ab-
gehen würde, außer dass im grunde genommen im grunde genommen durch eine einfachere floskel ersetzt werden müsste,
was im grunde genommen kein problem wäre, aber im grunde
genommen auch gar nichts brächte.

birnen und äpfel

gestatten, mein name ist birne. so redet man zwar heute nicht mehr, aber hallo genügt in diesem falle sicher nicht. ich heiße apfel. das trifft sich gut. sind sie auch der meinung, dass man birnen und äpfel nicht vergleichen darf? selbstverständlich. aber wenn man uns nicht vergleichen könnte, könnte man uns auch nicht verwechseln. noch nie hat jemand eine birne helene mit einem bratapfel verwechselt, schon gar nicht einen aquavit mit einem subirer. sagen sie lieber williams. sind sie gastronom, herr birne? oder gar schnapsbrenner? ich muss sie enttäuschen, birne ist mein künstlername, mein bürgerlicher name ist mostbirner. birne ist kürzer, prägnanter, merkbarer, hat mehr klang, geht besser ins ohr, wirkt auch künstlerischer – birne finde ich genial. ja, eigentlich heiße ich ja auch nicht apfel. das war nur eine höflichkeit ihrer birne gegenüber. wenn ich gewusst hätte, dass sie mostbirner heißen, hätte ich intelligenter reagiert. verraten sie mir, wie? etwa mit rossapfel. jetzt werden sie aber beleidigend. aber dann wären wir todsicher nicht mehr verwechselbar.

eingebung

sagte die eingebung: kannst du nicht einmal einen heiteren, fröööhölichen, hühühüpfenden texttt schreiben, einen der schw-e-e-e-e-bt, der richtig flatttttert?
schon, sagte ich, schon, aber warum soll ich dabei stottern?

fraglos

ein trompetenbaum steht unter einem himmel voller geigen. da wäre jetzt eine kluge bemerkung fällig.

schweißperlenkette

kannst du mir helfen? ich möchte schon lange eine geschichte mit dem wort schweißperlenkette schreiben, aber mir fällt nichts ein. ja soll es eine anständig unanständige geschichte sein oder eine unanständig anständige? letzteres ist zwar viel schwieriger, aber ich fürchte, das wird niemanden interessieren. das fürchte ich auch. anständig unanständig verkauft sich immer besser. das zeigen schon unsere anständigen printmedien. die sind oft ganz schön unanständig anständig. falsch. anständig unanständig. ja, das habe ich gemeint. anständig ist oberste priorität. wenn du mit unanständig beginnst, kommst du unter die räder. das will dann niemand. andererseits, das unanständig anständige kapiert kaum jemand. damit kannst du österreich nicht aufwecken. das dachte ich mir doch gleich. da hast du sicher recht. recht auch noch. worüber wolltest du eigentlich eine geschichte schreiben? über gar nichts. nur mit dem wort schweißperlenkette. na, vielleicht fällt dir das nächste mal dazu etwas gescheites ein. lustig wärs ja. und ob anständig unanständig oder unanständig anständig kannst du dir ja immer noch überlegen.

österreich-rallye

gedöblingt. hernalst. abgewienert. ins weinviertel geretzt, durchs kaltviertel gezwettelt, herumsanktpöltelt, durch die wachau gemelkt, im mostviertel gescheibbst, ins burgenland geneudörfelt, geneusiedelt, verjoist, herumgeoggaut, hinüberstinatzt, beschlainingt, über den semmering geggloggnitzt, durch das murtal leobnert, geseckaut, mit knitteln gefeldert, gemuraut, geraabazt und geleibnizt, geköflacht, libocht und gepackt, durch kärnten geveldert, gevillacht, geferlacht und gevellacht, gegurkt und verossiacht, genötscht und gelienzt, herumgelungauert, gegroßglocknert, durch die ram gesauert, gepinz- und gepongauert, verlofert. durch tirol geamrast, gevompt und geschwazt, verstamst und zerzamst, über den arlberg gelechzt, abgezürst, herumgebludenzt, gefrastanzlt und gebregenzt, gehörbranzt, gebezaut und geschoppernaut, ins montafon hinaufgeschrunst, wieder hinab tschagunst, übers bödele gebödelt, ins außerfern greuthelt, herumkarwendelt, hinausgekufsteint, über die salzach geacht, über den inn gepassauert, gezwicklet, umhergeriedelt, geschlägelt und versandelt, gegallspacht, gegoisert, gegosaut und gestodert, umhergestrobelt, verischelt und verhallt. verwelsert, zerlinzt und verennst, versteyert und vergamingt, gejauerlingt, abgetullnt und hineingegürtelt, in der als gegrundelt, herumgeringt, durch die stuben getort und gesteffelt.

hallo ulrich. wo kommst denn du her? es wird dir doch nicht gelungen sein, aus dem *mann ohne eigenschaften* auszubrechen? doch. es ist mir gelungen. der wolfram berger hat mir geholfen. der wolfi? ja, der wolfi. wie denn das? das war ganz einfach. in den sechsundsiebzig stunden seiner monsterlesung kam ich natürlich in den äther. naturgemäß, funkmäßig, wie das auch ein thomas bernhard laienhaft ausdrücken könnte. frag mich aber nicht nach details. ich war plötzlich allein, möglichkeitsform, und hatte kein papier mehr unter den füßen. ich war unerwartet in tausenden von gehörgängen. auf einmal sah ich licht. ein kaputtes trommelfell, oder so was ähnliches. ich schaute hinaus und sah den wiener graben. ausgerechnet den graben, ecke kohlmarkt. wenn nicht jetzt, dachte ich, sonst passierts nie. musil hat mir ja das denken vorgeschrieben. seines natürlich. wörtlich. ich wusste gar nicht mehr, dass ich auch selbst denken kann. und entschlüsse fassen. handeln. jetzt steh ich da und schau zum michaelerplatz. wien hat sich schrecklich verändert: palmen auf dem graben. touristen in ruderleiberl. damen ohne hut und handschuhe, rauchend. wenigstens das looshaus ist fertig. aber wo sind goldman & salatsch? ich möchte zurück. da kann ich dir leider nicht helfen. aber in der herrengasse gibt es einen cd-laden. was ist denn das schon wieder?

musikerhumor

er war musiker. vollblutmusiker. total nett. eben musiker. kein
fachidiot. aber ausschließlich musiker. ein wenig naiv. vielleicht auch kindisch. musikerhumor. ja, eben einseitig. er liebte
öde kalauer. dazu muss man kein musiker sein. zum beispiel
teilte er die frauen in e-manzen und u-manzen ein. naja. er war
auch konservativ. naturgemäß. selbstverständlich war er mit
einer e-manze verheiratet, schäkerte aber gern mit u-manzen.
ich benutze seine diktion, in diesem fall geht es gar nicht anders. zur katastrophe kam es, als die begriffe e- und u-musik
radikal in frage gestellt wurden. man behauptete, sogar im
orchester, dass es in wirklichkeit keine unterschiede gäbe.
maßgebend sei nur die qualität. da konnte er nicht mehr mit.
so ein holler. er fand doch die u-manzen immer viel lustiger.
die u-musik hingegen hatte ihn immer angeödet. er suchte einen wiener psychiater auf. der war aber schönberganhänger.
das war noch kein problem. und verehrer von adorno. da liegt
der hund begraben.

die base griff mit ihrem hageren, holden händchen nach einem
hörer mit wählscheibe, ein kleinod aus der urzeit der telepho-
nie, um ihren bruder, einen alten hagestolz, anzurufen, denn
sie wollte wissen, ob er sich auch nicht mehr an das wort
blümerant erinnern könne. du bist mein augenstern, sagte sie
zu ihrem bruder, mit einer essig-und-tonerde-stimme, die nur
von einer schwester stammen konnte. trotzdem nuschelte der
alte etwas von labsal, beschwerte sich über seinen vetter, einen
engagierten laienbesenbinder, der immer noch in ein licht-
spielhaus gehen wolle. zu hanebüchen, bauchpinseln, reiß-
zeug, graphus, dragoner, hörrohr, flohtackerl, blumendraht,
telemark, eiskasten, gusenbauer, lockenwickler, dampfsäge,
gatehose, molterer, überzieher, schusterlaiberl oder vatermör-
der fiel ihm momentan nichts ein. außerdem sei er überhaupt
der meinung, dass man mit aussterbenden wörtern keine geschichte mehr schreiben könne, worin ihm die base nicht
widersprach und den hörer aufhängte oder, was nicht sicher
ist, auf die gabel legte.

correctness und amok

in einem ungenannten alpinen dorf wurde kürzlich, unter ausschluss der öffentlichkeit, eine tagung zum thema »correctness und amok« abgehalten, weil die entdeckung, dass in ländern besonders entwickelter sprachlicher correctness die zahl der amokläufe alarmierend zunahm, vor der weltöffentlichkeit nicht mehr verheimlicht werden konnte. in einer der vielen pausen wurde dem eröffnungsredner allgemein und nachdrücklich versichert, dass vor allem im öffentlichen leben sogenannte sprachliche ausrutscher von höchstem psychohygienischen wert seien, da man dadurch nicht nur in die gehirne der politiker, sondern auch in das denken des gemeinen volks einblick gewänne. schließlich ginge es ja nicht nur um »political correctness« im engeren sinne, sondern auch um »cultural correctness«, »religious correctness«, »erotical correctness« und nicht zuletzt um »economical correctness«. die veranstaltung durfte nicht teures öl ins feuer gießen, weil sonst einige hoch entwickelte länder keine repräsentativen vertreter geschickt hätten, aber ein wenig klarheit wollte man sich über diese ungeheuere entdeckung doch verschaffen. anhaltende sprachliche correctness kontaminiere auf die dauer jede psyche, so dass es immer wieder zu explosionsartigen eruptionen kommen müsse. natürlich befleißigte man sich auf dem kongress höchster sprachlicher korrektheit. lockerer wurde die atmosphäre erst, als ein vortragender alle anwesenden als hirnwixer bezeichnete. im allgemeinen aufatmen hatte niemand bemerkt, dass ein anderer gelehrter schon das hotel mit einer flinte verlassen hatte.

nahrungskette

wie erst jetzt, nach einigen hunderttausend jahren, bekannt wurde, hat der interplanetarische gerichtshof den erfinder der nahrungskette zum »tode durch aufgefressen werden von artgenossen« verurteilt. diese perversität wurde folgendermaßen begründet: es gibt keinen grund, leben durch vernichtung von lebendem zu erhalten, da immer schon bekannt war, dass organisches leben aus anorganischem entstehen kann. dieses prinzip war also willkür, reine kopfgeburt außerhalb des schöpfungsplans, ja es wurde durch die einführung der nahrungskette ein grundgesetz der schöpfung verletzt. zwar konnte man noch durch eine novelle bei höheren lebewesen das prinzip »fressen und gefressen werden« unter strafe stellen, aber, wie man weiß, hat sich bis heute die einhaltung von gesetzen nicht einmal bis kärnten durchgesetzt. das verhängnis der nahrungskette waren aber nicht die hierarchien des »wer frisst wen«, sondern die kochkunst. während etwa der fisch oder der löwe seine nahrung noch fangen und bei lebendigem leibe zerreißen muss, sind die köche jene verfremdungskünstler, die aus der nahrungskette eine genussmeile machen, bei der der fresser das gefressene nicht mehr identifizieren kann. die mode, zu wissen wo das kalb aufgewachsen ist und ob es vor dem schlag auf den schädel glücklich war, könnte man als eine art stelzendämmerung bezeichnen. nicht zu unrecht ist also der verdacht aufgetaucht, dass der erfinder der nahrungskette auch der erste koch war. in einigen hunderttausend jahren wird das sicher in einem weiteren interplanetarischen prozess geklärt werden. ob dies dann auch die fresskultur ändern wird, kann man heute noch nicht sagen.

fatale portionen

menschen in reisebussen zu portionieren, wird von vielen als ein werk des teufels empfunden. warum werden menschen, die oft wochen in busse gepfercht sind, so widerlich? ob wiener, tiroler, burgenländer oder bayern, italiener, franzosen, schwaben, schweden oder sachsen, oder fußballfans, schifahrer, senioren, alle sind das soziologische produkt einer paketierung, einer portionierung in eine rollende büchse, die in fremdes hineinfährt, in unbekanntes, feindliches, anderes, gefährliches. man stellt plötzlich fest, dass man etwas anderes ist, das in frage gestellt werden kann. man ist umzingelt von unverständlichem, drohendem. man muss sich behaupten: durch witze, durch gemütlichkeit, wenn es gar nicht mehr anders geht durch singen. man ist dabei, alles zu ignorieren, auch den grund, weshalb man die reise angetreten hat. man wappnet sich mit spott. essen und trinken bringen ohnedies die verdauung aus dem gleichgewicht. man hats ja immer schon gewusst: der fraß ist unerträglich. die leute sind es auch. nicht einmal unsere sprache verstehen sie. die kellner sind betrüger, die hoteliers zuhälter. ungewaschen auch noch. haben sies bemerkt, sie riechen auch anders. hinein in den bus. endlich wieder der vertraute mief. da kann man auch manchen furz überhören. es geht wieder heimwärts. busse sind für die insassen ein glück, ein segen, das sollen sich die da draußen einmal hinter die ausländischen ohren schreiben.

hitzekoller

derselbe mann, der in perfekter wintersportausrüstung und mit angeschnallten schiern eine loipe durch das wiener akh legen wollte, beschwerte sich beim portier, dass auf den gängen des riesigen gebäudes kein schnee vor füßen war. der portier, ein alter schneehase, versicherte dem eindringling mit ruhe, aber situationsgemäß eindringlich, dass er das gesuchte hier höchstens im winter finden könne. er solle sich gefälligst nach steinhof schleichen, die wären dort besser für schnee im sommer und auf persönliche wünsche eingerichtet. der loipenzieher, mit fäustlingen, kapuze und dunklen schibrillen ausgestattet, war schweißgebadet, er bekam einen roten kopf und brüllte den verdutzten portier an: diesen hinweis hätten sie sich sparen können, er entspricht nicht ihrem niveau als schneehase. warum glauben sie, dass ich hier bin? ich komme von steinhof, und dort liegt kein stäubchen schnee in den pavillons, nicht einmal bei vierzig grad. das hätte ich denen nicht zugetraut, darauf der portier mit ernster miene. bei diesen pavillons müsste man doch gerade im sommer leicht loipen legen können. falsch gedacht, mein lieber, ganz falsch gedacht, diese verdammten pavillons sind einfach zu kurz, wie der ganze wiener jugendstil viel zu kurz ist. falls es sich überhaupt um einen solchen handelt.

zwischen

eines tages behauptete der kanzlist franz k., er könne nicht nur zwischen den zeilen lesen, sondern auch zwischen den wörtern, ja sogar zwischen den buchstaben. ich warne dich, lieber franz, sagte der gutmütige oberkanzlist, wir sind ein seriöses institut, und wir setzen voraus, dass jemand der schreiben auch lesen kann, aber schon zwischen den zeilen zu lesen wäre eine gefährliche überschreitung deiner kompetenzen, wenn nicht ein subversiver akt. und du kannst dir ausmalen, was es bedeutet, wenn jemand beginnt, sogar zwischen den wörtern oder gar zwischen den buchstaben zu lesen. franz k. schwieg, wie es seine art war, ein mildes lächeln konnte er aber nicht unterdrücken. warum schweigst du, fragte der oberkanzlist, der natürlich auf den lippen franzens zu lesen begann. ja, man kann nicht nur auf den lippen, sondern auch in den pausen, im schweigen lesen, meinte franz k., und das machen wir doch täglich? solange nichts schriftlich vorliegt, meinte der oberkanzlist, habe er auch nichts dagegen.

oh du meine güte

oh du meine güte, sagt der feine herr zu seiner feinen beglei-
terin, in einem mit scheinwerfern bestrahlten publikum eines benefizkonzerts sitzend, oh du meine güte, warum muss
es in der welt so viel elend geben, wenn wir doch alle nur gutes
wollen. ich liebe benefizkonzerte, vor allem das anschließende
galadiner, ist doch schön, wenn man sich manchmal was
gönnt und dabei noch dazu gutes tut. finden sie nicht auch?
natürlich finde ich das auch. die armen kinder. und die natur-
katastrophen in dings da. ist das nicht schrecklich? aber der
wein hätte das letzte mal besser sein können. unter jeder kri-
tik. eigentlich skandalös. die ganze veranstaltung hatte überhaupt wenig stil. viel zu viele leute. und, mit der hand vor dem
mund, und welche? man kann heute nicht einmal mehr bei
wohltätigkeitsveranstaltungen unter sich sein. finden sie nicht
auch? es fehlt überhaupt an stil. oh du meine güte. was gab es
einmal stil. auch das programm war mittelmäßig. das orchester
sowieso. eigentlich eine zumutung. immerhin kostet das ja alles. und nicht wenig. aber das dessert war in ordnung. dessert
darf ich leider nicht essen. das ist schade. das dessert war wirklich in ordnung.

ebenbürtig

telephon: wir machen eine umfrage über die probleme von leg-
asthenikern beim nasenbohren. ich beantworte keine fragen
am telephon. prinzipiell keine fragen, ich bin vegetarier. was
hat das mit legasthenie zu tun? genau so wenig wie mit nasenbohren. und antialkoholismus? wie kommen sie darauf? gar
nichts. sie sind nichtraucher? ich beantworte als vegetarier
und nichtraucher prinzipiell keine fragen am telephon. eben.
ich vermute, dass sie mich gar nicht verstehen. dass sie gar
keine ahnung haben von der tragweite meiner fragen? das
brauchen sie nicht zu vermuten, das weiß ich. das kann aber
ich wieder nicht verstehen. sie, es geht ja gar nicht ums verstehen, es geht nur ums wollen. von mir aus, um das wollen. das
wollen ist das wichtigste. sollen? sollen sollen wir sowieso. außerdem sollen mag ich nicht. da ist mir das wollen noch lieber.
na endlich. und das will ich auf keinen fall. verstanden. außerdem hasse ich umfragen, und seien sie noch so uninteressant.
wenn sie wenigstens blöde fragen hätten. sie haben wohl keine
ahnung von umfragen.

deutsch

man muss solidität und seriosität an den tag legen, sagte ein ehemaliger traumschwiegersohn vor dem hintergrund wütender aktionäre. hätte er deutsch gelernt, wäre ihm das alles nicht passiert. man kann nämlich gar nichts an den tag legen, weder immobilien noch versprechungen, waren, konten, bilanzen und sicher auch keine aktien. und von solidität oder gar seriosität kann man ohnehin nur träumen. tage sind viel zu flüchtig, um etwas an sie legen zu können. wenn sie verstehen, was ich meinl. und wie erklärst du dir das wort tagedieb? kann man tage vielleicht nicht stehlen? totschlagen kann man sie auf jeden fall. jetzt habe ich dich. wenn man tage totschlagen, wenn man sie stehlen kann, kann man sicher auch etwas an sie legen. ach, du meinst anlegen? das kann man auf jeden fall. und kann man jemanden mit solidität und seriosität hineinlegen? sicher. aber keine tage.

dreitagebart

der dreitagebart signalisiert vollbeschäftigung, wenn nicht
stress, sicher ständige zeitnot. er verbindet notstand mit kraft.
der dreitagebartträger steht oder rennt im zenit seiner karriere.
die gepflegte verwahrlosung verträgt sich gut mit designerkluft
und haubenrestaurants. die vorgegaukelte zeitersparnis ist jedoch illusion. der dreitagbartträger erspart sich nur die ersten
drei tage ohne frührasur. am vierten tag, spätestens am fünf-
ten, muss der dreitagebart auf drei tage zurückgestutzt werden. und das jeden tag. das zurückstutzen verlangt mehr mühe
und zeit als die schnelle glattrasur. das heißt, der dreitagebart
verringert nicht den stress, die zeitnot, sondern vermehrt und
verstärkt sie. der dreitagebart ist ein höchst anspruchsvolles
luxusprodukt, reine zeitverschwendung. das ist das geheimnis seiner harmonie mit designerkluft und haubenrestaurant.
das ausklinken aus der normalität der täglichen rasur verlangt
konzentriertes rasurverhalten. außerdem hat die dreitagebart-
forschung weltweit ergeben, dass dreitagebärte mehrheitlich
nicht die folge von stress, sondern dessen ursache sind. es gibt
auch träger, die uns einen zehntagebart für einen dreitagebart
andrehen wollen, mit solchen menschen würde ich mich auf
keine diskussion einlassen. und mit jenen, die erst nach zwanzig tagen einen dreitagebart erreichen, schon gar nicht.

wahlsager

es kann doch nicht sein, sagte ein profilierter politiker ohne
profil, es kann doch nicht sein, dass die sonne nur deshalb
im osten aufgeht, weil eine fanatische ausländische minderheit sich einbildet, dass alles heil aus dem osten kommt. das
ist doch zum lachen. da haben wir auch mitzureden. da muss
was geschehen. das wird konsequenzen haben. darauf können
sie sich verlassen. wo kämen wir hin, wenn jede x-beliebige
fremde minderheit bestimmen könnte, wo die sonne aufgeht.
da werden noch andere mitreden. da werden auch wir mitreden. das wird eine volksabstimmung geben, die sich gewaschen hat. da können sie gift drauf nehmen. der so profilierte
wippte selbstgefällig mit allen körperteilen und setzte nach:
und der halbmond über unseren heimatlichen kirchtürmen,
auf unserem abendländischen sternenhimmel, muss auch ver-
schwinden. der hat ausgesichelt. der wird abgeschoben. und
deutsch kann er auch nicht. aber unseren frauen ins schlafzim-
mer leuchten, das schon. so weit kommts noch.

weißt du, dass die kommende wahl eine neue ist? ist nicht jede wahl neu? wozu sollte man denn sonst wählen? aber diese ist eine besonders neue. da wird sogar das uralte ganz neu. das finde ich schön. der spruch ist genial. als wahlprogramm zu behaupten, dass die wahl neu ist, das fällt nicht so leicht jemandem ein. da muss man schon ganz neu sein. stell dir vor, jemand würde aufs plakat schreiben: die alte wahl. das wäre verheerend. da würde man keinen hund hinter dem ofen hervorlocken. da würde jeder sagen: ja, machen die keine neue wahl? aber: die neue wahl. das zündet. da wird man richtig neugierig. überhaupt: neu ist immer gut. das sieht man jeden tag in der werbung. nur die oldtimer dürfen nicht neu sein. die gibt es in der politik sowieso nicht. die habens auch nicht nötig. jetzt sind wir vom thema abgekommen. wir waren bei neu. was ist eigentlich das neue an dieser wahl? das ist doch ganz einfach: das neue an dieser wahl ist, dass sie zum ersten mal neu ist. und das glaubst du? gibt es beweise? kannst du das gegenteil beweisen?

versprochen

versprochen – gehalten. das finde ich toll. kurz und bündig.
welchen bund meinst du? keinen bestimmten. das ist ja das
geniale. alles in zwei wörtern. das und zählt ja nicht. eigentlich könnte man auch »kurz und bündig« aufs plakat schreiben. drucken. genial. es sagt zwar nichts, aber es ist kurz und
bündig. da kennt sich jeder aus. aber was macht man nach der
wahl mit versprochen. wurde was versprochen? ich habe nur
versprochen, dass ich was halten werde. aber was? da kann
mir niemand was vorwerfen. außerdem habe ich nichts versprochen, sondern ich habe mich versprochen. und wer soll
mir daraus einen strick drehen? schließlich kann sich jeder
einmal versprechen. und ich sage ehrlich, versprochen. ich bin
ein grader michl. kurz und bündisch. äh, bündig. dass ich mich
nicht einmal versprechen kann, habe ich ja nicht versprochen.
und wer spricht, kann sich versprechen. und halten? was halten? was ist mit halten? eine möglichkeit wäre, den mund zu
halten. so, jetzt reichts.

110

liebe…

liebe österreicher und österreicher, liebe steuerzahler und steuerzahler, liebe vorarlberger und vorarlberger, liebe wähler und wähler. liebe wirtschaftstreibende und wirtschaftstreibende, liebe kammersänger und kammersänger, liebe naturfreunde und naturfreunde, liebe abgeordnete und abgeordnete, liebe orthopäden und orthopäden, liebe eisenbahner und eisenbahner, liebe hausmeister und hausmeister, liebe kunden und kunden, liebe postler und postler, liebe kammerjäger und kammerjäger, liebe zuhörer und zuhörer, liebe genossen und genossen, liebe rauchfangkehrer und rauchfangkehrer, liebe mitglieder und mitglieder, liebe spender und spender, liebe obdachlose und obdachlose, liebe aufsichtsräte und aufsichtsräte, liebe vorstandsmitglieder und vorstandsmitglieder, liebe kollegen und kollegen, liebe kindergärtner und kindergärtner, liebe hebam … liebe liebe liebe … wenn sie täglich, morgens und abends so viele frauen und männer ansprechen müssten, wenn sie vor so vielen männern und frauen sprechen müssten wie ich, würden sie auch so manche silbe verschlucken, und schlucken kann man nur *innen.*

frühaufsteher

wien ist eine stadt der frühaufsteher. und da frühaufsteher alle sadisten sind, werden bei uns in firmen und amtsstuben sitzungen und besprechungen schon um sieben uhr früh angesetzt. das wird alles franz joseph (vulgo prohaska) in die schuhe geschoben, dem um fünf uhr früh schon fad war und der um sechs uhr seine minister um sich versammelte. und das alles hatte nichts mit arbeitsethos, höchstens mit arbeitsmythos zu tun. in wien müssen sogar die leerstehenden auslagen in den gassen und die vitrinen der u-bahn arbeiten. während sie jahrelang vor sich hingammeln, verdrecken und von spinnen zugwebt werden, ziert sie das schild: in arbeit. so wird arbeitslosigkeit durch sprache in arbeit verwandelt, und die frühaufsteher behalten recht und haben noch dazu ihre freude daran. übrigens, auf langschläfer ist auch kein verlass, sie sind auch nicht harmlos und können noch am späten vormittag unheil anrichten: hitler war so einer. dem gabs der teufel im schlaf. fazit: ob früh auf den beinen oder lange in den federn, weder vom schlaf noch vom wachzustand kann man garantien erwarten.

standard

wie gehts deinem standard. mein standard war immer mäßig,
du weißt ja. mittelmäßig. warum fragst du? ich habe weder aktien noch papierwerte. wertpapiere? ja, wertpapiere. ich meine
aber nicht deinen lebensstandard sondern deine zeitung, den
standard. hab ich eine zeitung? oder sie hat dich. dann ist es
auch dein standard. ich sags ja, auf die sprache ist kein verlass. das ist wie mit aktien. oder den wertpapieren. was ist mit
meiner zeitung? na, sie ist doch zwanzig. zwanzig? was zwanzig? na so was, zwanzig jahre? was ist das schon. ich bin bald
achtzig. was ist das schon. fürs alter kann niemand was. und
wird gefeiert? natürlich wird gefeiert. für eine junge zeitung
sind zwanzig jahre ein hohes alter. eine sensation. so? und das
muss man feiern? ja, das muss man feiern! ich habe nie verstanden, dass man geburtstage feiert. entweder man ist zu jung
oder man ist zu alt. und feiern tun sowieso nur die andern.
selbst muss man ein freundliches gesicht machen, es ist nur
anstrengend und stinkfad. vielleicht wird man ohnehin nur für
andere älter. da hast du recht. damit sie alle feiern können. so
gehen die feste nicht aus. gibt es eigentlich für geburtstagsfeste
einen standard? das hängt von deinem standard ab. eben. man
kann sich sozusagen nur nach seinem standard strecken. das
war schon immer so.

gut aufgestellt

seit kurzem ist alles gut aufgestellt: banken, kreditinstitute, firmen, konzerne und politische parteien, handelsketten und fußballklubs. aufstellung hat so was wehrhaftes, strategisches, optimistisches, starkes, unbezwingbares. lange hat man diese vokabel nicht gebraucht. wem wäre schon eingefallen, sich oder andere gut aufzustellen? aufstellung war eher negativ kodiert. das ist keine ausstellung, sagte einst ein stararchitekt, sondern eine aufstellung. gut aufgestellt waren höchstens vitrinen, schaukästen, automaten, hydranten oder maibäume. nur die schifahrer hatten respekt vor dem aufstellen. hatte es einen aufgestellt, war die medaille weg. das war ein kapitaler sturz. schi- oder beinbruch. aufstellen bedeutete schlicht das gegenteil: umfallen, hinfliegen, bauchfleck. unsere sprache liebt hinterfotziges. sie drückt sich gerne im gegenteil aus. hals- und beinbruch. man muss nur die spielregeln kennen. sich eben auskennen. und da sich zur zeit niemand auskennt, glauben alle, gut aufgestellt bedeutet sicherheit. mit sicherheit nicht. und im vertrauen, vertrauen ist auch wieder in mode. ein gut aufgestelltes vertrauen. kapiert?

ordentlich anständig ...

eine saubere geschwindigkeit, ein anständiges tempo und ein ordentlicher totalschaden. auf austriazismen ist verlass: wir kennen ein ordentliches chaos, ein anständiges durcheinander, eine saubere schweinerei, ein ordentliches durcheinander, ein anständiges chaos, einen sauberen skandal, ein ordentliches hochwasser, eine anständige schweinerei, eine saubere katastrophe, eine ordentliche schweinerei, einen anständigen skandal, eine saubere watschn, einen ordentlichen skandal, eine anständige watschn, einen sauberen fußtritt, eine ordentliche katastrophe, einen anständigen kinnhaken, einen ordentlichen fußtritt, schließlich auch einen anständigen fußtritt und einen sauberen kinnhaken. fehlt nur noch: ordentlich anständig, ordentlich sauber, anständig ordentlich, sauber anständig ... wir kennen aber auch die schöne bescherung, die schöne gemeinheit, die schöne katastrophe etc. aber ohne sauber, anständig und ordentlich geht gar nichts.

fest steht, dass dünne schwarze beine nicht ins weiße haus gehören. das gehört sich einfach nicht. so sprach der erfolgreiche
besitzer zweier weißer steirischer wadeln, der vor dem alpinen
sozialismus flüchten musste, und sein publikum lachte und
klatschte sich auf die weißen schenkel. dünne schwarze beine
verschandeln einfach das weiße haus. das weiß doch jeder,
darüber gibt es keine debatte. wer hat zu dünnen beinen schon
vertrauen, und zu schwarzen schon gar nicht. dann legte der
besitzer der weißen wadeln seine rechte hand auf die linke
brustseite und blickte positiv in die schwarze zukunft. das war
vor einer woche. fest steht aber, dass nichts fest steht. so steht
heute fest, dass in einigen wochen die schwarzen beine mit
ihren dünnen wadeln fest im weißen haus stehen werden, obwohl doch jeder weiß, dass schwarze beine nicht in ein weißes
haus gehören. wenn das aber einmal so ist, dachte praktisch
positiv der mann mit den starken weißen wadeln, dann sollte
man wenigstens die wadeln der dünnen schwarzen beine etwas stärker machen und bot sich sofort dem weißen haus als
bodybuilder an.

knackpunkt

es muss einem auffallen, man kann es nicht übersehen, wir leben im zeitalter des knackpunkts. dass alles einen knackpunkt hat, ist ja noch einzusehen, aber dass dies unentwegt festgestellt wird, ist neu. kein gespräch mehr ohne knackpunkt, keine verhandlung, keine sitzung die nicht ihren knackpunkt hätte. in der politik sind alle wege mit knackpunkten gepflastert, alles strebt auf knackpunkte zu, im knackpunkt liegt die lösung, im knackpunkt liegt die erlösung. falsch. der knackpunkt ist nur die markierung jenes punkts, der zu knacken ist, an dem es knacken soll. knackt es nicht, hat es am knackpunkt nicht geknackt, sind die knacker ratlos. nicht nur die alten knacker stehen ratlos vor dem knackpunkt. hat man den knackpunkt übersehen? im zeitalter des knackpunkts ist gerade dies der knackpunkt. einfach übersehen? du hast den knackpunkt übersehen! das ist unverzeihlich. unsere zukunft liegt in den geknackten knackpunkten. nur der knackpunktknacker hat eine zukunft. das ist der eigentliche knackpunkt.

ersatzbank

sie kommen mir bekannt vor. wieso kommen, ich bin gerade beim gehen. von irgendwoher kenne ich sie. sie kennen mich? kennen oder können. werden sie nicht ausfällig. warten sie: aus dem fabrikantenstadl? oder sind sie dieser mollige sportreporter? ich bin doch keine frau. meinen sie vielleicht den dings? mit dem bin ich nicht verwandt, den kenn ich nicht einmal vom wegschauen. na, wenn sies selber sind, müssens ja nicht wegschaun. da haben sie den nagel auf den kopf getroffen. aber den falschen. wissens, ich schau mir gerne gesichter von sportreportern an. so. und dazu müssen sie mich mit einem verwechseln. was haben sie gegen sportreporter? gar nichts, auch nichts gegen den sport. sport alleine, für sich, kann wunderbar sein, fast tadellos, wie schon ein berühmter nichtsportler sagte. der hatte es nötig. sport ist großartig, solange man ihn nicht selbst ausüben muss. und nicht darüber berichtet wird. also doch. das habe ich mir gleich gedacht. sie sind ein berufsgruppenrassist. ein elitärer. ein ganz mieser pinkel. übrigens, sie kommen mir auch bekannt vor. schwer genug wären sie ja. ich interessiere mich auch für gesichter. so? auch für das meine. aber ich kann sie beruhigen, in meiner sammlung kämen sie höchstens auf die ersatzbank.

nageleinschlagbekämpfung

es hatte sich herumgesprochen: in der stadt werden zu viele nägel eingeschlagen. einfach zu viele nägel. warum? danach darf man nicht fragen. es genügt die tatsache und dagegen muss etwas geschehen. dagegen muss man etwas tun. fangen wir bei den tätern selbst an. erstens: wenn jeder nägeleinschlager sich vorher fragen würde, warum schlage ich jetzt einen nagel ein, würden schon einmal die hälfte nicht eingeschlagen werden. selbstkontrolle ist immer noch die beste. zweitens: die zweitbeste kontrolle ist die kontrolle selbst. jeder passt auf den anderen auf. das ist nicht schwer, weil ja das nägeleinschlagen, vor allem in der nacht, gut hörbar ist. das feststellen allein ergibt natürlich keinen sinn, man muss es auch anzeigen. die polizeistationen werden sich damit nicht beschäftigen, weil erfahrungsgemäß dort selbst viele nägel eingeschlagen werden. also muss man anzeigestationen einrichten, die sich ausschließlich dieser tätigkeit widmen. diese anzeigen zu sammeln ergibt aber auch noch keinen sinn, wenn das nägeleinschlagen nicht auch geahndet wird. da gehören saftige strafen her, da muss eine nägeleinschlagkommission die nötigen gesetze ausarbeiten, die müssen ins parlament, wo aber wiederum genügend freizeitnägeleinschlager sitzen. die opposition wittert einen skandal: dieses projekt vernichtet arbeitsplätze. das ist aber ein irrtum. die bekämpfung der nägeleinschlagwut schafft arbeitsplätze. verdammt. das ist doch leicht auszurechnen.

innerer monolog

eine bemerkenswerte visage. ich kann nicht wegschauen. so etwas ist mir noch nie begegnet, noch nie gegenüber gesessen. zu einer solchen nase hätten wir kinder frnak gesagt, ohne zu wissen, was dies bedeutet. kartoffelnase, dieses wort hatte sich sogar karl kraus erlaubt. der arme hermann bahr. erdäpfelnase ging in diesem fall nicht. österreich ist nicht überall zu gebrauchen. und nasenmäßig schon gar nicht. wo waren wir stehen geblieben? ja, eine wucherung, imposant, erdbeer- nein, ananasmäßig. wenn nicht die dummen augen dazukämen, der stumpfe blick, der kaum über die nase hinausreicht. die tränensäcke binden die nase wie eine maske an den kopf. wo sind die wörter für die beschreibung einer solchen visage? wer erforscht solche trümmerlandschaften, solche topographien des stumpfsinns? zynismus der natur? spuren? mitnichten, aber wovon? spuren an sich. der kopf regt sich. müde augen sehen mich an, stimme: was schauns mich so blöd an, sie, sie mit ihrem widerlichen erdapfel im gsicht.

automaten

unsere gehirne sind automaten, erklären uns bedeutende ge-
lehrte. und den beweis scheinen die automaten selbst zu liefern: die automaten wurden in der zweiten hälfte des ach-
zehnten jahrhunderts entwickelt. joseph II. hat sie zuerst im
wiener augarten gepflanzt und gezogen. friedrich II. hatte es
versäumt, sie als patent anzumelden. automaten haben einen
besonderen geschmack, sind schnellwüchsig, dunkelrot und
besonders groß. wie der name schon sagt, gedeihen sie besonders gut auf feuchten auböden, so wurden sie auch in der
gegend von kalau heimisch. die automaten sind nur im plural
verwechselbar, im singular unterscheidet sich jede automate
von dem überhaupt nicht mit ihr verwandten automaten. in
japan allerdings soll es schon möglich sein, durch besondere
gentechniken und elektronische standards automaten mit
automaten zu verwechseln. natürlich nur in restaurants mit
hohen technischen standards und im plural. und nur von ja-
panern, die deutsch gelernt haben.

die gegenwart war immer banal, gnadenlos stumpfsinnig, die vergangenheit immer herrlich, schöner, interessanter und die zukunft immer fürchterlich, grauenvoll. stehen sie auf, wenn ich mit ihnen spreche. oder meinen sie, die vergangenheit war immer schrecklich banal, stumpfsinnig, die zukunft aber immer schöner, verheißungsvoller und die gegenwart zum kotzen. setzen sie sich. wahrscheinlich vermuten sie, dass eher die zukunft banal, stumpfsinnig, gnadenlos oder trivial war und die gegenwart am schönsten und die vergangenheit fürchterlich, schrecklich. beweise? wir sind hier beim permutieren, mein lieber, und jede permutation hat recht. das ist ein mathematisches axiom, oder wie man diese komischen dinger nennt. schließlich sind vergangenheit, gegenwart und zukunft kopfgeburten. reine kopfgeburten. verstehen sie? es gibt weder vergangenheit noch gegenwart, noch zukunft. stehen sie auf, wenn ich mit ihnen spreche. allerdings ist von den vielen varianten nur eine permutation mehrheitsfähig. das sage ich ihnen. bedenken sie das. nur eine permutation ist immer mehrheitsfähig gewesen. kennen sie das lied »seit den römern gehts bergab, holladrio«? ja? na, dann singen wir jetzt alle das lied »seit den römern gehts bergab, holladrio ...«.

schnitzer

vorausgesetzt, dass unfehlbarkeit nicht selbst ein fehler ist,
was man ja nicht wissen kann, sollte man den fehler an sich,
wenigstens hinsichtlich der unfehlbarkeit, in frage stellen. wer
fehler macht, kann nicht unfehlbar sein. das sagt schon der
hausverstand, wenn damit hausbesitzer und nicht häuser gemeint sind. daher gebietet die vernunft, wenigstens in bayern
und österreich, dass man kleine und auch große fehler, nicht
gleich beim namen nennt, sondern den hilfsbegriff schnitzer
verwendet. wer einen schnitzer macht, verliert noch lange
nicht die unfehlbarkeit, sondern er hat eben das privileg, sich
einen schnitzer zu leisten. außerdem gibt es, im gegensatz zur
unfehlbarkeit, die vokabel unschnitzbarkeit nicht, es sei denn,
man kommt aus dem grödnertal. der schnitzer ist auch ein zu-
tiefst katholischer begriff, denn er ist leichter zu vergeben als
fehler, wenn man vergeben nicht wörtlich nimmt. jeder sterb-
liche kann sich also schnitzer leisten, allerdings muss er das
risiko in kauf nehmen, sich unsterblich zu blamieren.

märchen

ein hase, namens löffel, was nicht besonders originell, aber leicht zu merken ist, hatte sich mit einem igel namens bürste angefreundet. auch dieser name veranlasst niemanden zu einem schmunzler. jetzt erwarten sich alle gebildeten leser die bekannte geschichte, aber es kam alles ganz anders. die beiden freunde beschlossen mit ehrenwort, nie einen wettlauf zu machen, weil der hase die peinliche geschichte schon lange kannte und als schande der familie ansah. der igel verachtete grundsätzlich bekanntes und hatte auch keine neuen einfälle. so saßen sie tagelang im wirtshaus, und wenn der igel einmal als erster zur stelle war, sagte der hase so so. herr löffel nukkelte oft stundenlang an einem achterl rot, während der igel den weißen wie ein bürstenbinder hinter die binde goss. man muss einsehen, dass diese art von freundschaft nicht besonders entwicklungsfähig war und auch bald symptome einer nachhaltigen fadesse zeigte. eines tages sagte der igel beiläufig, sollten wir nicht doch einmal einen kleinen wettlauf probieren? das überraschte den hasen so sehr, dass er gar nicht darauf antworten konnte. und wenn sie nicht gelaufen sind, sitzen sie noch heute im wirtshaus.

sargnagel und beißzange

sargnagel: bevor wir zu reden beginnen, müssen wir einiges klären. ja, aber wenn wir etwas klären wollen, müssen wir reden. typisch beißzange. wie ich dich kenne, willst du unsere gesellschaftliche rolle klären. beißzange: wenn ich die sache richtig betrachte, gibt es dich schon lange nicht mehr realiter, du hast nur als metapher überlebt. aber als lebendige. sargnagel: klar, särge werden schon lange nicht mehr genagelt, nur mehr geleimt, geschraubt oder gar geklammerlt. eine pest, diese klammlerei. ich, die beißzange, werde noch gebraucht. ohne beißzange kein heimwerker. aber als metapher bist du schwach geworden, geradezu altmodisch. daran ist die bornierte frauenfreundlichkeit schuld. früher hatte ich in herrenwitzen ein prächtiges dasein. ohne beißzange kein herrenwitz. das waren oft richtige zangengeburten. schwiegermütter waren prinzipiell beißzangen. die rache war der sargnagel. jede beißzange hatte ihren sargnagel. das waren noch harmonische zeiten. ja, aber beißzangen hat man auch oft als sargnägel bezeichnet. ja, darum sind sie auch ausgestorben.

inhalt

Dank an Claus Philipp, der die Idee zu dieser Kolumne hatte.